Sein Leben hielt Goethe mit Recht für sein größtes Kunstwerk. Er nahm es als selbstdenkerischer und selbstschöpferischer Mensch jederzeit nicht weniger ernst als seine Werke.

Von früh an gewöhnt, Welt und Menschen genau zu beobachten, entwickelte er, der selber ständig um sein seelisches Gleichgewicht ringen mußte, viele wirkungsvolle Maßnahmen, um Leib und Seele gesund, frisch, munter und kräftig zu halten. Was er als leidender und mitfühlender Mensch sich und anderen riet, um es auf Erden besser auszuhalten, Anfechtungen mutig gefaßt zu bestehen und das Leben zu meistern, ist noch immer »an der Zeit«. Goethes realistische Überlebensstrategien sind nicht nur reich an Weltkenntnis, Witz und echter Weisheit, sondern auch an Menschenliebe, Konzilianz, Humor und wahrer Güte. Die künftige Welt erschien ihm gelegentlich als ein großes Lazarett, in dem einer der humane Krankenpfleger des andern zu sein habe. Als Lebenskünstler, der er selber geworden war, hinterließ er der Welt in seinen Werken, Briefen und Gesprächen eine riesige Apotheke voller Heilmittel und Rezepte, die auch heute noch ihre Wirkung tun können.

Katharina Mommsen, geboren in Berlin, Dr. phil. habil., em. o. Professor of Literature, Stanford University, California, USA. Im Insel Verlag erschien 1988 ihr Buch *Goethe und die arabische Welt*, 1992 gab Katharina Mommsen hier ein Goethe-Lesebuch heraus, 1996 die zweibändige Faksimile-Edition von Goethes *West-östlichem Divan*.

insel taschenbuch 2300

Goethe

Die Kunst des Lebens

Goethe
Die Kunst des Lebens

AUS SEINEN WERKEN, BRIEFEN UND GESPRÄCHEN

Ausgewählt von
Katharina Mommsen
unter Mitwirkung
von Elke Richter

INSEL VERLAG

Umschlagabbildung: Goethe auf dem Eise. Photographie, koloriert, nach dem Karton von Wilhelm von Kaulbach (1862). Foto: AKG, Berlin

insel taschenbuch 2300
Originalausgabe
Erste Auflage 1999

Nachweise und Hinweise zu dieser Ausgabe am Schluß des Bandes
Vertrieb durch den Suhrkamp Taschenbuch Verlag
Umschlag nach Entwürfen von Willy Fleckhaus
Satz: Hümmer GmbH, Waldbüttelbrunn
Druck: Nomos Verlagsgesellschaft, Baden-Baden
Printed in Germany

1 2 3 4 5 6 – 04 03 02 01 00 99

INHALT

DIE KUNST DES LEBENS

Goethe war kein Illusionist. Als Sechzehnjährigem erschien ihm die »Welt, die man für die beste hält, fast wie eine Mördergrube« (*FA 1, 22*). »Glaube mir, unsere moralische und politische Welt ist mit unterirdischen Gängen, Kellern und Kloaken miniert, wie eine große Stadt zu sein pflegt«, schrieb er am 22. Juni 1781 an Lavater. Ebenso illusionslos heißt es im Brief an Herzog Carl August vom 5. Juli 1781: »Die Welt ist voll Torheit, Dumpfheit, Inkonsequenz und Ungerechtigkeit; es gehört viel Mut dazu, diesen nicht das Feld zu räumen.« Wie nah er selber daran war, ›das Feld zu räumen‹, deutet der Pistolenschuß an, mit dem Werther sich befreit von der kalten, argen, grauen, verruchten, schnöden Welt mit ihrem häßlichen Schlund – lauter Ausdrücke Goethes. Werther fehlen Mut und Kraft zum Überleben, obwohl der Schlüssel Goethescher Lebenskunst ihm in Reichweite schwebt:

> Wenn wir immer ein offenes Herz hätten das Gute zu geniessen, das uns Gott für jeden Tag bereitet, wir würden alsdenn auch Kraft genug haben, das Uebel zu tragen, wenn es kommt.
>
> *Die Leiden des jungen Werthers. 1. Julius; FA 8, 64.*

Die Fähigkeit, das Gute zu genießen und daraus Mut und Kraft zu gewinnen, auch unausweichliche Übel zu ertragen, darin bestand, wenn man es auf eine einfache Formel bringen will, Goethes ›Kunst zu leben‹. »Allen Gewalten zum Trutz sich erhalten«, lautete die Devise im Feenspiel *Lila* (*FA 5, 54*), in dem er selber als Magus auftrat, der seelische Heilungen herbeiführt. Es war die Rolle, zu der ihn auch im wirklichen Leben Menschenliebe und Verantwortungsgefühl trieb. Sein Hauptanliegen als Mensch und Dichter wird oft übersehen, weil Goethe davon kein Aufhebens machte. Nur indirekt kommt es gelegentlich zum Ausdruck. So im Gespräch mit Eckermann vom 24. September 1827:

> Ein bekannter deutscher Dichter war dieser Tage durch Weimar gegangen und hatte Goethen sein Stammbuch gegeben. »Was darin für schwaches Zeug steht, glauben Sie nicht, sagte Goethe. Die Poeten schreiben alle, als wären sie krank und die ganze Welt ein Lazarett. Alle sprechen sie von dem Leiden und dem Jammer der Erde [...] und unzufrieden, wie schon alle sind, hetzt einer den andern in noch größere Unzufriedenheit hinein. Das ist ein wahrer Mißbrauch der Poesie, die uns doch eigentlich dazu gegeben ist, um die kleinen Zwiste des Lebens auszugleichen und den Menschen mit der Welt und seinem Zustand zufrieden zu machen [...] auch den Menschen mit Mut ausrüstet, die Kämpfe des Lebens zu bestehen.«

Hier zeigt sich recht deutlich Goethes Auffassung von seiner Aufgabe als Dichter: den Menschen in ihren Nöten beizustehen, ihnen zu raten und zu helfen, sie bei unausweichlichem Leid zu trösten, sie mit ihrem Los zufriedener zu stimmen und sie zu ermutigen, den Lebenskampf besser zu bestehen. In diesem Sinne sagte er auch im August 1810 zu Riemer (*GG 3248*):

> Die ganze Welt ist voll armer Teufel, denen mehr oder weniger – angst ist. Andere, die den Zustand kennen, sehen geduldig zu, wie sie sich dabei gebärden. Es sagt keiner dem andern: das und das ist dein Zustand, und so mußt du's machen. – Es verrät keiner dem andern die Handgriffe einer Kunst oder eines Handwerks, geschweige denn die vom Leben.

Daß Goethe selber bereit war, ›den andern‹ seine ›Handgriffe‹ zu verraten, weil er sie als seine Brüder betrachtete, bekundet u. a. die *Zueignung* (*FA 1, 11*):

> Für andre wächst in mir das edle Gut,
> Ich kann und will das Pfund nicht mehr vergraben!
> Warum sucht' ich den Weg so sehnsuchtsvoll,
> Wenn ich ihn nicht den Brüdern zeigen soll?

In einem Umfang wie kein anderer der Großen gewährte Goethe der Mit- und Nachwelt Einblick in seine Lebenspraxis und wirkte dadurch in der Tat anspornend, belehrend, tröstend, helfend, heilend, beglückend bis heute. »Das ist Goethes Genie: im tiefsten Reiz der Kunst den Anreiz zur Lebenskunst fortzupflanzen.« (Adolf Muschg).

Das merkwürdige Phänomen, daß man »Goethes Wesen mehr und zuweilen besser aus seinem Leben, als aus seinen Schriften zu erkennen« vermag, sprach Gustav Freytag anläßlich Goethes 100. Geburtstag aus:[1]

> Die größte Dichtung, welche wir von ihm besitzen, fast die einzige künstlerisch fertige und vollendete, ist sein eigenes Leben. Er hat sich sein ganzes Leben selbst gedichtet, seine Poesien sind nur die erklärenden Noten dazu, seine Selbstbiographie ist eine kurze Beschreibung schöner Stellen aus dem großen Roman.

---

1 Gustav Freytag, *Eine Bemerkung über Goethe zum 28. August 1849*. In: *Die Grenzboten* 8/III. 1849. S. 396-400. Hier zitiert nach: *Goethe im Urteil seiner Kritiker.* Dokumente zur Wirkungsgeschichte Goethes in Deutschland. T. II. 1832-1870. Hg., eingeleitet und kommentiert von Karl Robert Mandelkow. München: C.H. Beck 1977. S. 343 f.

Schon einzelnen Zeitgenossen war aufgefallen, was der gescheite Jugendfreund Merck Goethe auf den Kopf zusagte: »Das was Du lebst, ist besser als was Du schreibst.« Noch Jahrzehnte später bestätigte der alte Dichter das Zutreffende dieses »schmeichelnden Vorwurfs«, und fügte den denkwürdigen Satz hinzu: »es sollte mir lieb sein, wenn es noch so wäre«. (An Carl F. von Reinhard, 22. Januar 1811) Kein Zweifel, daß dieser Autor, dessen Lebensbewegung in jeder Zeile, die er schrieb, noch heute fühlbar und wirksam ist, dem Leben selbst gegenüber dem dichterischen Schaffen Priorität gab. Ohnehin entsprang alles bei ihm den gleichen schöpferischen Impulsen: sein lebendiges Wirken wie sein hinterlassenes Werk. In Goethes Handlungen, Erlebnissen, Überzeugungen kommt die gleiche Bildnerkraft zum Ausdruck wie in allen seinen Dichtungen und Schriften.

Die schöpferische Gewalt, die ihn antrieb und über sein Leben verfügte, indem sie sein Fühlen, Denken, Dichten und Handeln bestimmte, gebot ihm, wie *Dichtung und Wahrheit* (*FA 14, 631*) andeutet, den Menschen, ohne allen Pomp und Prophetenmantel, ein »weltliches Evangelium« zu bringen. Dies von der »wahren Poesie« vermittelte ›Evangelium‹, d.h. zu deutsch: diese ›frohe Botschaft‹, ist daran deutlich zu erkennen, daß sie »innere Heiterkeit« und »äußeres Behagen« bewirkt,

> uns von den irdischen Lasten zu befreien weiß, die auf uns drücken. Wie ein Luftballon hebt sie uns mit dem Ballast der uns anhängt, in höhere Regionen, und läßt die verwirrten Irrgänge der Erde in Vogelperspektive vor uns entwickelt daliegen.

Dichtung und Wahrheit enthält mancherlei versteckte Winke dieser Art, die bestätigen, daß Goethe sich in der Tat getrieben fühlte, solch weltliches Evangelium zu verbreiten. Bezeichnend ist schon die Episode von Anfang März 1768 mit dem Dresdner Schuster, den Goethe aufsucht, weil dessen »glückliche Naturgabe« ihn fasziniert (*FA 14, 349*): »die heitere Art, womit er sein eignes enges, armes, mühseliges Leben betrachtete, der Scherz, den er selbst den Übeln und Unbequemlichkeiten abgewann, die unverwüstliche Überzeugung, daß das Leben an und für sich ein Gut sei«. Dieser philosophische Schuster nun merkt dem jungen Goethe sofort seine Absicht an, »eine fröhliche Botschaft« zu verkündigen:

> Auf seinem Schemel sitzend empfing er mich freundlich und sagte lächelnd, nachdem er den Brief gelesen: »Ich sehe hieraus, junger Herr, daß Ihr ein wunderlicher Christ seid.« Wie das, Meister? versetzte ich. »Wunderlich ist nicht übel gemeint, fuhr er fort, man nennt Jemand so, der sich nicht gleich ist, und ich nenne Sie einen wunderlichen Christen, weil Sie sich in einem Stück als den Nachfolger des Herrn bekennen, in dem anderen aber nicht.« Auf meine Bitte, mich aufzuklären, sagte er weiter: »Es scheint, daß Ihre Absicht ist, eine fröhliche Botschaft den Armen und Niedrigen zu verkündigen; das ist schön, und diese Nachahmung des Herrn ist löblich; Sie sollten aber dabei bedenken, daß er lieber bei wohlhabenden und reichen Leuten zu Tische saß, wo es gut her ging, und daß er selbst den Wohlgeruch des Balsams nicht verschmähte ...«

Die heitere Nonchalance, mit der Goethe diese Episode in *Dichtung und Wahrheit* einflicht, sollte nicht darüber hinwegtäuschen, daß hier auf unverfängliche Art sein Hauptanliegen ausgesprochen wird: Dem *Memento mori* der christlichen Kirche ein ganz entschiedenes *Memento vivere* entgegenzusetzen und zwar nicht allein durch seine Dichtungen, sondern durch sein gesamtes Wirken. Goethe betrachtete es als Lebensgebot, daß die Menschen sich ihres Daseins freuen. An Auguste Gräfin zu Stolberg schrieb er im September 1775: »Wir wollen einander nicht aufs ewige Leben vertrösten! Hier noch müssen wir glücklich sein.« Aus der gleichen Gesinnung heraus entstand damals das Gedicht *Menschengefühl* (*FA 1, 206*):

Ach ihr Götter, große Götter
In dem weiten Himmel droben,
Gäbet ihr uns auf der Erde
Festen Sinn und guten Mut
O wir ließen euch ihr Guten
Euern weiten Himmel droben.

Goethes geselliges *Tischlied* von 1802 schließt mit der Erklärung (*FA 2,81*): »Und das Wohl der ganzen Welt | Ist's, worauf ich ziele.« Die zentrale Botschaft in *Wilhelm Meisters Lehrjahre VIII 5* lautet (*FA 9, 920*): »Gedenke zu leben.« Sie könnte als Devise über den meisten Goetheschen Schöpfungen stehen. »Memento mori! gibt's genug, | Mag sie nicht hererzählen«, beginnt ein Gedicht von 1826 (*FA 2, 690*), das höchst bezeichnend schließt mit der Aufforderung: »Nur vivere memento!«

»Die Welt ist so schön! So schön! Wer's genießen könnte!« schrieb Goethe als Straßburger Student im Sommer 1771 aus Sesenheim an J. D. Salzmann, als er mit totaler Gewalt zur Natur und zu unbändiger Daseinslust erwacht war, wie sie sich in den von Lebensfreude erfüllten, liebedurchglühten Versen jener Epoche ausströmte. (*FA 1, 129*):

Wie herrlich leuchtet
Mir die Natur!
Wie glänzt die Sonne!
Wie lacht die Flur!

Es dringen Blüten
Aus jedem Zweig,
Und tausend Stimmen
Aus dem Gesträuch,

Und Freud und Wonne
Aus jeder Brust.
O Erd o Sonne
O Glück o Lust!

O Lieb' o Liebe,
So golden schön,
Wie Morgenwolken
Auf jenen Höhn;

Du segnest herrlich
Das frische Feld,
Im Blütendampfe
Die volle Welt.

O Mädchen Mädchen,
Wie lieb' ich dich!
Wie blinkt dein Auge!
Wie liebst du mich!

So liebt die Lerche
Gesang und Luft,

Und Morgenblumen
Den Himmels Duft,

Wie ich dich liebe
Mit warmem Blut,
Die du mir Jugend
Und Freud und Mut

Zu neuen Liedern
Und Tänzen gibst!
Sei ewig glücklich
Wie du mich liebst!

Selbst die stumpferen Zeitgenossen empfanden bei dieser absolut frischen, völlig gelösten neuen Lyrik, wie sie nie zuvor in der Welt erklungen war, daß aus ihr ›die Natur selber singt‹.

Nach Frankfurt zurückgekehrt, drückte der junge Dichter dem All-Gott überschwenglichen Dank aus, der ›im Morgenrot mit tausendfacher Liebeswonne rings ihn anglüht‹ (*Ganymed; FA 1, 205*), sich an sein Herz drängt, all-liebend, all-umfassend, all-gegenwärtig (*FA 1, 191*): »Hast mir gegeben | Alle das Leben | Alle die Freuden | Alle die Lust.« Die in dem jungen Genie ausbrechende pantheistische Beseligung weckte zugleich seine Sehnsucht, der Welt diese werdende, wirkende Gott-Natur zu verkünden, der göttlichen Macht zum Durchbruch zu verhelfen, die er als inspirierende schöpferische Gewalt leibhaft in sich fühlte. Es drängte ihn, auch andern im Sinnlich-Irdischen die All-Liebe fühlbar zu machen. Das Bewußtsein, selbst Träger des gotterfüllten Alls zu sein, ließ ihn stolz alle anderen Gesetze als die der Natur zurückweisen.

* * *

Auf Goethes neues Naturgefühl waren die Zeitgenossen nicht ganz unvorbereitet, gab es doch Wegbereiter wie den naturfrommen christlichen Dichter Brockes und den wirkungsmächtigen Rousseau, der mit seinem ganz Europa durchdringenden zivilisationspessimistischen ›Zurück-zur-Natur‹-Ruf zur Befreiung von den willkürlichen Übereinkünften der Gesellschaft aufrief. Daß Natur für Goethe nicht gleichbedeutend war mit Brockes' oder Rousseaus Naturauffassung, sei hier nur am Rande erwähnt, und auch daß bei dem Durchbruch von Goethes pantheistischem Lebensgefühl Herder in Straßburg entscheidend mitgewirkt hatte, Herder, der noch 1784 in Weimar voll staunender Bewunderung für den ihm entwachsenen ehemaligen Zögling sagte: »der Mensch geht auf dem wahren Naturwege, und das Glück geht ihm entgegen.« (*GG*)

Goethes Naturglaube brachte ihn unausweichlich in Konflikt mit den Satzungen und Normen der Gesellschaft. Seine Überzeugung von der Freiheit und Naturunmittelbarkeit des Herzens war unvereinbar mit den verkünstelten Konventionen, Lebens- und Umgangsformen der Epoche. Die modischen Ziererereien und der verschnörkelte Stil erschienen dem jungen Stürmer und Dränger lächerlich. Sein Durchbruch zu voller Bejahung der irdischen Welt, des menschlichen Leibes und Herzens brachte ihn in Opposition zu den selbstquälerischen, das Leben verdüsternden pietistischen Strömungen, doch auch zur extrem rationalistischen Position von Aufklärungstheoretikern, die allein auf den Verstand schworen. »Armer Mensch, an dem der Kopf alles ist!« schrieb Goethe im Juli 1772 an Herder.

Im Kampf für Natürlichkeit und unbefangene Lebensfreude brachen Goethe und seine Mitstreiter der Lust am Dasein nicht selten auf derbe, die Zeitgenossen schockierende Weise Bahn. Dadurch, daß Goethe jenen mächtigen Zeittendenzen seine fröhliche weltliche Botschaft entgegensetzte – den Glauben an die natürlichen Organe und Sinne des Menschen, die Ehrfurcht vor dem Leiblichen und die Daseinsfreude –, trug er jedoch entscheidend zur Auffrischung und Regenerierung jener spätzeitlichen Epoche bei, so daß er im Rückblick auf die damalige Verjüngung des Zeitgeistes lachend zu Eckermann sagen konnte (15. Februar 1824): »Als ich achtzehn war, war Deutschland auch erst achtzehn, da ließ sich noch etwas machen.«

Daß Goethes Kunst zu leben primär naturbezogen war, versteht sich nach allem Vorhergesagten von selbst und auch, daß sie sich an seinen inneren und äußeren Auseinandersetzungen mit der ihn umgebenden Welt entwickelte. Wertschätzung der Natur und Freude am Dasein waren sozusagen die ersten Gebote seines weltlichen Evangeliums. Sie zu verkünden, ist er nie müde geworden. Aufrufe zur Lebensfreude und Dankbarkeit gegen die Natur durchziehen seine Werke, Briefe und Gespräche. Ganz lapidar beginnt einer seiner Sprüche (*FA 13, 341*): »Das Höchste, was wir von Gott und der Natur erhalten haben, ist das Leben.« Im *Götz* verkündet der junge Goethe (*FA 4, 285*): »Freudigkeit ist die Mutter aller Tugenden.« Im 1. Gesang des *Achilleis*-Fragments heißt es: »Wahrlich das kurze Leben, es wäre dem Menschen zu gönnen,|Daß er es froh verbrächte.« Das *Frühlingsorakel* proklamiert: »Leben ist ein großes Fest|Wenn sichs nicht berechnen läßt.« (*FA 2, 73*) Mit Vorliebe benutzt Goethe Gelegenheitsgedichte zu Aufrufen wie »Hier heißt es: gib das Beste|Und mach' das Leben zum Feste.« (*FA 2, 800*) Warum der Mensch froh und dankbar sein solle, begründet u.a. das Gedicht *Selbstgefühl* in der Sammlung *Epigrammatisch* (*FA 2, 423*):

Jeder ist doch auch ein Mensch! –
Wenn er sich gewahret,
Sieht er, daß Natur an ihm
Wahrlich nicht gesparet.
Daß er manche Lust und Pein
Trägt als Er und eigen.
Sollt er nicht auch hinterdrein
Wohlgemut sich zeigen?

Sich nicht ›wohlgemut‹ zu zeigen ist demnach Undankbarkeit gegen die Natur. Außerdem ist es Torheit. Im *Clavigo* heißt es: »Man lebt nur einmal in der Welt, hat nur einmal diese Kräfte, diese Aussichten, und wer sie nicht zum Besten braucht, wer sich nicht so weit treibt als möglich, ist ein Tor.« (*FA 4, 446*) Verstöße gegen das Gebot der Lebensbejahung prangert Goethe sein Leben lang an.. Selbst ein seelisch so gefährdeter Held wie Werther wird zum Sprachrohr des weltlichen Evangeliums, wenn er beginnt, »recht herzlich gegen die üble Laune zu reden« (*FA 8, 64*):

> Nun verdrießt mich nichts mehr als wenn die Menschen einander plagen, am meisten, wenn junge Leute in der Blüte des Lebens, da sie am offensten für alle Freuden sein können, einander die paar guten Tage mit Fratzen verderben und nur erst zu spät das Unersetzliche ihrer Verschwendung einsehen.

Noch die *Zahmen Xenien* enthalten den Aufruf, das Leben froh zu genießen: »In's holde Leben wenn dich Götter senden, | Genieße wohlgemut und froh!« (*FA 2, 625*) Für den Fall, daß einem das nicht gelingt, sollte man zumindest genügsam, zufrieden sein: »Sei lustig! – geht es nicht, so sei vergnügt.« (*FA 2, 629*) Seinen Sohn August mahnt Goethe brieflich am 22. Mai 1813: »daß ihr in eurem jetzigen täglichen Zustand, er sey wie er will, froh und fröhlich seyn sollt«. – Im *Faust* wird dem Helden der Rat zuteil (*FA 7/1, 74*): »Hör' auf mit deinem Gram zu spielen, | Der, wie ein Geier, dir am Leben frißt.« Es ist Mephistopheles, der Verlocker und Verführer zu sinnlichen Genüssen, der hier als Stimme des gesunden Menschenverstands erscheint. So auch im *Maskenzug* von 1818, wo Mephistopheles mit Bezug auf Faust erklärt (*FA 6, 850*):

Ich macht ihm deutlich, daß das Leben
Zum Leben eigentlich gegeben.
Nicht sollt in Grillen, Phantasien
Und Spintisiererei entfliehen.
Solang man lebt, sei man lebendig!

Mit sublimer Ironie markiert Goethe an solchen Stellen die Hauptschwäche seines problematischen Helden: Fausts Unfähigkeit zum Genuß des schönen Augenblicks. In Goethes Evangelium ist die Wertschätzung des schönen Augenblicks ein Hauptgebot, weil im sinnlich erlebten schönen Augenblick der All-Gott ist, Ewigkeit ist: »Vor Gott muß alles ewig stehn, | In mir liebt Ihn, für diesen Augenblick.« (*Suleika spricht. FA 3/1, 49*) Eckermann wurde gleich zu Beginn seines Umgangs mit dem Dichter diese Quintessenz seiner Lebensweisheit zuteil (3. November 1823): »Halten Sie immer an der Gegenwart fest. Jeder Zustand, ja jeder Augenblick ist von unendlichem Wert, denn er ist der Repräsentant einer ganzen Ewigkeit..« In diesem Sinne ist es auch zu verstehen, wenn Goethe am 9. Juli 1795 an Friederike Brun schreibt: »Die Gegenwart ist die einzige Göttin die ich anbete.« Die Überlegenheit der antiken Völker, zumal der Griechen, gegenüber der neueren Menschheit sah

Goethe darin begründet, daß sie »mit allem Sinn, aller Neigung, aller Kraft auf die Gegenwart wirkten«. (*FA 19, 179*) Darum heißt es auch auf dem Höhepunkt des Helena-Akts im Zentrum von *Faust II* (*WA 7/1, 365*):

FAUST
Die Gegenwart allein –
HELENA
Ist unser Glück.

In *Dichtung und Wahrheit* proklamiert Goethe geradezu: »daß der Mensch eigentlich nur berufen ist, in der Gegenwart zu wirken«. (*FA 14, 486*) Wem der gesteigerte Lebensaugenblick zum Inbegriff der Ewigkeit wird, dem schärft sich das Gefühl für die Unersetzlichkeit der Augenblicke. Jeder Moment des Lebens ist kostbar. Aus diesem Gefühl heraus empfindet schon Werther seine Versündigung gegenüber der Gegenwart und faßt den Vorsatz (*FA 8, 64 f.*):

Ich will mich bessern, will nicht mehr ein bißchen Übel, das uns das Schicksal vorlegt, wiederkäuen, wie ich's immer getan habe, ich will das Gegenwärtige genießen, und das Vergangene soll mir vergangen sein.

So durchziehen zahllose Aufforderungen zur Wertschätzung der Gegenwart das Goethesche Werk. Das Gedicht *Einladung*, mit dem das *Buch Suleika* beginnt, enthält auch eine Einladung an den Leser (*FA 3/1, 74*):

Mußt nicht vor dem Tage fliehen:
Denn der Tag den du ereilest
Ist nicht besser als der heut'ge;
Aber wenn du froh verweilest
Wo ich mir die Welt beseit'ge,

Um die Welt an mich zu ziehen;
Bist du gleich mit mir geborgen,
Heut ist heute, morgen morgen,
Und was folgt und was vergangen
Reißt nicht hin und bleibt nicht hangen.
Bleibe du, mein Allerliebstes,
Denn du bringst es und du giebst es.

Aufrufe, den Moment, den Tag, die Gegenwart, die Zeit zu schätzen, durchziehen leitmotivartig Goethes Werke, Briefe und Gespräche. Sie geben Zeugnis von seiner unvergleichlichen Gewissenhaftigkeit gegenüber der Zeit. Als Lebenspraktiker enthielt Goethe sich jedoch bei seinen Ermahnungen, der Kostbarkeit der Zeit eingedenk zu sein, aller Pedanterie und allen Pathos. Nie kommen seine Ratschläge von oben herab; in ihrer Nüchternheit haben sie oft den Charakter der Selbstermahnung, überhaupt stammen sie stets aus eigener Erfahrung. Typisch ist schon ein Brief vom 24. August 1770 an einen Mitstudenten: »Die Morgenträgheit ist balde weg, wenn man sich nur einmal überwunden hat den Fus aus dem Bette zu setzen. pp.« An Schiller, der durch ungesunde Lebensweise manche produktive Stunde verlor, schrieb Goethe am 7. Dezember 1796:

> ich muß Anstalt machen, meine Schlafstelle zu verändern, damit ich morgens vor Tage einige Stunden im Bette diktieren kann. Möchten Sie doch auch eine Art und Weise finden, die Zeit, die nur eigentlich höher organisierten Naturen kostbar ist, besser zu nutzen.

Mit pädagogischer Absicht äußert er am 26. April 1797 gegenüber Fritz von Stein, »daß mir mein altes Symbol immer wichtiger wird: tempus divitiae meae, tempus ager meus«.

Zum Ansporn seines eigenen Sohnes schreibt er am 9. Mai 1818: »Wie die Menschen das Wort Feiertag hören, so sind sie alle verrückt, und niemand denkt daß er die größte Zeit seines Lebens müssig herum läuft oder gestreckt da liegt.« Im Festspiel *Palaeophron und Neoterpe* heißt es (*FA 6, 258*): »Drum auf bei Zeiten morgens!« Im Festspiel *Pandora* ruft Prometheus mit der Fackel in der Hand (*ebd. 668*): »Tag vor dem Tage! Göttlich werde du verehrt. | Denn aller Fleiß, der männlich schätzenswerteste | Ist morgendlich; nur er gewährt dem ganzen Tag | Nahrung, Behagen, müder Stunden Vollgenuß.« Die Sammlung *Sprichwörtlich* enthält den Rat: »Benutze redlich deine Zeit, | Willst was begreifen, suchs nicht weit.« (*FA 2, 385*) und ebd.: »Zwischen heut und morgen | Liegt eine lange Frist. | Lerne schnell besorgen, | Da du noch munter bist.« Fürs *Buch der Sprüche* im *Divan* greift Goethe auf sein ›altes Symbol‹ zurück: »Mein Erbteil wie herrlich, weit und breit | Die Zeit ist mein Besitz, mein Acker ist die Zeit.« (*FA 1/3, 363*) Dort steht auch die Mahnung: »Noch ist es Tag, da rühre sich der Mann | Die Nacht tritt ein, wo niemand wirken kann.« In den *Zahmen Xenien* findet sich ein gewiß zur Selbstermunterung formulierter Dreizeiler: »Kein Stündchen schleiche dir vergebens, | Benutze was dir widerfahren, | Verdruß ist auch ein Teil des Lebens.« (*FA 2, 661*)

All diese Mahnungen und Selbstermahnungen gibt Goethe, das sollte man bedenken, nicht aus bloßer Gschaftlhuberei, sondern aufgrund seiner Überzeugung vom »Höchsten«, was wir »von Gott und der Natur erhalten« haben: »das Leben, die rotierende Bewegung der Monas um sich selbst, welche weder Rast noch Ruhe kennt.« (*FA 13, 341*) Auch hierin orientiert sich Goethe also am Beispiel der Gott-Natur, deren Wesen er im Gedicht *Eins und Alles* der Sammlung *Gott und Welt* so umschreibt: »Und umzuschaffen das Geschaffne, | Damit sich's nicht zum Starren waffne, | Wirkt ewiges, lebendiges Tun. | Und was nicht war, nun will es werden, | Zu reinen Sonnen, farbigen Erden, | In keinem Falle darf es ruhn.« (*FA* 2, 494) Es ist diese *divina natura* in all ihrer Kraft und Wirksamkeit, von der Goethe sich zu großen Taten und rastlosen Tätigkeiten angetrieben fühlt. Aus diesem Geist heraus ermutigt er auch seine Mitmenschen, ihre Kräfte tätig anzuspannen: »So werdet ihr, und wenn aus ihren Fugen selbst | Die Welt geschoben in sich selbst zertrümmerte, | Sie wieder bauen, einer Ewigkeit zur Lust«, lautet die frohe Botschaft in *Palaeophron und Neoterpe* (*FA* 6, 258).

Da Zeit gering zu achten und in Untätigkeit zu vergeuden Goethe zufolge Sünde wider die Natur ist, heißt es in den *Wanderjahren*: »Etwas muß getan sein in jedem Moment, und wie sollt' es geschehen, achtete man nicht auf das Werk wie auf die Stunde.« (*FA* 10, 687) Gern fügte Goethe seinen eigenen in diese Richtung gehenden Sprüchen Zitate von andern Autoren hinzu, die verwandte Gesinnungen ausdrückten; z. B.: »Es ist besser, das geringste Ding von der Welt zu tun, als eine halbe Stunde für gering zu halten.« (*FA* 13, 299) Oder: »Könnte man Zeit wie bares Geld bei Seite legen, ohne sie zu benutzen, so wäre dies eine Art von Entschuldigung für den Müßiggang der halben Welt, aber keine völlige; denn es wäre ein Haushalt, wo man von dem Hauptstamm lebte, ohne sich um die Interessen zu bemühen.« (*Ebd.* 305) Aus Exzerpten stammt auch der Aphorismus: »Nichts ist höher zu schätzen als der Wert des Tages.« (*FA* 13, 305) Die *Chinesisch-Deutschen Jahres- und Tageszeiten* klingen aus mit dem guten Rat des ›von hinnen eilenden‹ Dichters: »Beschäftige dich hier und heut im Tüchtigen.« (*FA* 2, 699) Dadurch, daß es die letzten Worte des gesamten Zyklus sind, erhalten sie besonderes Gewicht.

Die immer erneuten direkten und indirekten Aufforderungen zur Tätigkeit deuten auf die ganz besondere Wichtigkeit dieses Aspekts. »Tätig zu sein«, läßt Goethe den Arzt in den *Bekenntnissen einer schönen Seele* sagen, »ist des Menschen erste Bestimmung, und alle Zwischenzeiten, in denen er auszuruhen genötiget ist, sollte er anwenden, eine deutliche Erkenntnis der äußerlichen Dinge zu erlangen, die ihm in der Folge abermals seine Tätigkeit erleichtert.« (*FA* 9, 447) Die Überzeugung, daß Tätigkeit des Menschen erste Bestimmung sei, bestätigt auch der Aphorismus: »Der Mensch will immer thätig seyn.« (*FA* 13, 189) Auf den inneren Zusammenhang mit der ›frohen Botschaft‹ weist kurz und bündig der Aphorismus: »Wer freudig thut und sich des Gethanen freut, ist glücklich.« (*FA* 13, 285) Dem entspricht auch der Zweizeiler aus der Sammlung *Sprichwörtlich*: »Wem wohl das Glück die schönste Palme beut? | Wer freudig tut, sich des Getanen freut.« (*FA* 2, 398) Tätigsein und Glücklichsein gehören demnach zusammen. »Die Tätigkeit ist, was den Menschen glücklich macht«, heißt es im Festspiel *Paläophron und Neoterpe* (*FA* 6, 258). Über die aus der rechten Tätigkeit erwachsende Glückserfahrung sagt in den *Lehrjahren* die tüchtige Therese: »Was ist das höchste Glück des Menschen, als daß wir das ausführen, was wir als recht und gut einsehen?« (*FA* 9, 829) Natürlich geht es im Fall der Landwirtin Therese um andersartige Tätigkeiten als etwa bei Pylades, der in der *Iphigenie* von heroischen Taten träumt: »Wir möchten jede Tat | So groß gleich tun, als wie sie wächst und wird, | Wenn jahrelang durch Länder und Geschlechter | Der Mund der Dichter sie vermehrend wälzt.« (*FA* 5, 574) In *Pandora* tönt des Prometheus ins Gigantische gesteigerte Tatenlust aus dem begeisterten Ausruf: »Des echten Mannes wahre Feier ist die Tat!« (*FA* 6, 695) Prometheus teilt seine Tatbesessenheit mit

Faust. Bezeichnend ist schon Fausts Übersetzung von Johannes I, 1: »Im Anfang war die Tat.« (*FA 7/1, 61*) Ganz im Einklang damit tönt sein Ausruf: »Dieser Erdenkreis | Gewährt noch Raum zu grossen Taten« (*ebd. 395*). Wie sehr auch der *Faust*-Dichter durch den Verlauf der Tragödie inneren Abstand von den Taten seines Helden andeutet, in bezug auf den ungeheuren Tatendrang ist er doch sein Ebenbild. Fausts Behauptung »Die Tat ist alles, nichts der Ruhm« (*ebd. 396*) beruhte auf der persönlichen Erfahrung des Dichters, was die *Zahmen Xenien* bestätigen: »Das Tun interessiert, | Das Getane nicht.« (*FA 2, 629*) Vor dem Hintergrund der immer werdenden, wirkenden, weder Rast noch Ruhe kennenden schöpferischen All-Natur gewinnen solche tatenfreudigen Bekenntnisse eine meist nicht wahrgenommene höhere Dimension, die man nicht vergessen sollte, wenn Goethe unermüdlich tätiges Sichregen empfiehlt bis hin zu seinem allerletzten Gedicht vom 6. März 1832 (*FA 2, 745*):

BÜRGERPFLICHT

Ein jeder kehre vor seiner Tür,
Und rein ist jedes Stadtquartier.
Ein jeder übe sein' Lektion,
So wird es gut im Rate stohn.

Daß der sich selbst durch die All-Natur zur Anspannung aller Kräfte angetriebene Dichter auch andere zu rastlosen Schaffen ermutigt, ist letztlich noch Ausdruck seiner großen Menschenliebe. Er kannte die wohltuenden Wirkungen des Tätigseins als bestes Mittel gegen Unzufriedenheit, Trübsinn, quälende Sehnsucht, Frustration, Weltschmerz. »Ich darf nur dessen gedenken, was fördert«, heißt es in den *Wanderjahren*: »die Sehnsucht verschwindet im Tun und Wirken« (*FA 10, 512*).

Daß Tun und Denken in gesundem Gleichgewicht sein müssen, ist eine Hauptlehre der *Wanderjahre*. Dort wird sie auch in aphoristischer Form gegeben: »Es ist nicht genug zu wissen, man muß auch anwenden, es ist nicht genug zu wollen, man muß auch tun« (*FA 13, 54*). »Nur klugthätige Menschen, die ihre Kräfte kennen und sie mit Maß und Gescheidtigkeit benutzen, werden es im Weltwesen weit bringen« (*ebd. 132*). Aus praktischer Lebenserfahrung und Weltüberblick wußte Goethe, es liegt in der menschlichen Natur, aus Tun und Wirken Freude und Befriedigung zu ziehen, vorausgesetzt, daß die Tätigkeit einem liegt und von Nutzen ist. Entspechend heißt es in den *Wanderjahren III 12* (*FA 10, 695*):

> Wo wir Nützliches betreiben
> Ist der werteste Bereich.

Schon in den *Lehrjahren I 17* hatte der Unbekannte zu Wilhelm gesagt (*FA 9, 424*): »Ich kann mich nur über *den* Menschen freuen, der weiß, was ihm und andern nütze ist.« In Lenardos Rede an die Auswanderer steht die Nützlichkeit des Tuns im Zentrum (*FA 10, 667ff.*):

> Man hat gesagt und wiederholt: »wo mir's wohlgeht ist mein Vaterland!« doch wäre dieser tröstliche Spruch noch besser ausgedrückt, wenn es hieße: »wo ich nütze ist mein Vaterland!« Zu Hause kann einer unnütz sein, ohne daß es eben sogleich bemerkt wird; außen in der Welt ist der Unnütze gar bald offenbar. Wenn ich nun sage: »trachte jeder überall sich und andern zu nutzen, so ist dies nicht etwa Lehre noch Rat, sondern der Ausspruch des Lebens selbst. [...] unser Zuruf: suchet überall zu nützen, überall seid ihr zu Hause.

Wie sehr Goethe noch in hohen Jahren dieser Gesinnung huldigte, zeigt ein Brief an Knebel vom 12. September 1830, in dem es heißt: »Was auch daraus entstehe, man muß immer da beizutragen suchen, wo man im Augenblick glaubt, nützlich sein zu können.«

Kein Zweifel, dies menschenfreundliche Bestreben, nützlich zu sein, war schon die treibende Kraft bei Goethes schwerem Entschluß, die Freiheit und Muße einer dem poetischen Schaffen gewidmeten Existenz, sogar die Arbeit am *Faust*, aufzugeben, um statt dessen die ihm verliehenen ungeheuren Energien im Dienst des Weimarer Staates einzusetzen. Der Verfasser von *Dichtung und Wahrheit* wußte, nur im »tätigen Leben« kann der Mensch sich »unmittelbar nützlich« machen, während poetische Arbeiten ihrem Wesen nach »erst durch einen Umschweif und gleichsam nur zufällig nützen können« (*FA 14, 701*). Die dem Dichter oft verübelte Entscheidung fürs tätige Leben in einem kleinen Staatswesen geschah aus solchen Erwägungen heraus und führte bekanntlich dazu, daß Goethe sich fürs nächste Jahrzehnt ständig zunehmende enorme staatsmännische Lasten, Pflichten, Verantwortungen auflud. Für ihn persönlich war die höchst vielfältige Tätigkeit zum Wohl seiner Mitmenschen eine Herausforderung sondergleichen. Sie gab ihm auch die allerbeste Gelegenheit, seine von Jugend an bewußt entwickelte Lebenskunst auf ganz exorbitante Weise zu erweitern.

Hatte das junge Genie davon geträumt, als ein neuer Mahomet seine Brüder ›freudebrausend‹ mit sich fortzureißen zu einem höheren geistigen Leben, oder gehofft, als ein neuer Prometheus allen Menschen zu einem schöneren, besseren, lebenswerteren Dasein zu verhelfen, so lernte er in Weimar die Grenzen der Menschheit respektieren und die eigenen Ambitionen zügeln. Angesichts der Beschränktheit der Verhältnisse und der Widerstände, die sich seinem guten Willen in der höfisch-politischen Sphäre entgegensetzten, seufzt er über die Diskrepanz zwischen Wollen und Vollbringen im Brief an Lavater vom 6. März 1780: »In der Jugend traut man sich zu dass man den Menschen Palläste bauen könne und wenn's um und an kömmt so hat man alle Hände voll zu tun um ihren Mist beiseite bringen zu können.« Unter Schmerzen begriff er, daß »das Gute was man in der Welt tun kann« nur »ein Minimum« ist, wie er am 14. September 1780 an Charlotte v. Stein schreibt; dennoch beharrte er darauf, das ihm Mögliche zu leisten: »Man soll thun was man kann einzelne Menschen vom Untergang zu retten. pp.«

Entschlossen innerhalb seines Wirkungsbereichs das Gute, Rechte und Zweckmäßige für die ihm anvertrauten Menschen zu leisten, fühlte er seine Kräfte wachsen an jeder neuen Aufgabe und bei allen sich vor ihm auftürmenden Widerständen. Mit typischer Unterbetonung heißt es gelegentlich »Der Mensch mag immer gerne mitwürcken, und der Gute gern ordnen, zurechtlegen und die stille Herrschaft des rechten befördern.« (An Charlotte von Stein, 17. Juni 1784) Von Goethes strenger Selbsterziehung und seinem sozialen Wirken während des ersten Weimarer Jahrzehnts legen die Briefe an Charlotte von Stein das beredteste Zeugnis ab.

Diese Briefe sind zugleich beispielhaft für seine hochentwickelte Lebenskunst als Liebhaber. Noch heute vermögen sie unvergleichliche Einblicke zu geben, wie erfinderisch in seiner Güte ein wahrhaft Liebender sein kann. Gab es doch kaum je einen Liebhaber wie diesen, der in nie nachlassender Aufmerksamkeit eine solche Fülle spontaner Grußbotschaften, charmanter, lebensvoller Briefe, Huldigungen in

Versen und immer neuen Variationen von Liebeszeichen in Gestalt von Blumen, Eßbarkeiten und unendlich vieler anderer kleiner und großer wohlersonnener Geschenke an seine Geliebte sendete?! All dies über so viele Jahre hin in unermüdlicher Gebefreudigkeit und mit dem einzigen Ziel, die Geliebte zu erfreuen, ihr Leben zu bereichern und zu verschönern, sie seiner Nähe, Fürsorge, Liebe zu versichern! Als Beispiel Goethescher Lebenskunst mögen diese Briefe auch deshalb gelten, weil sie zeigen, daß diese Kunst vor allem aus dem Herzen kam und besondere Herzensbegabungen voraussetzte. Doch erlebt man beim Lesen der Briefe zugleich, wie die angeborene Begabung sich entwikkelt, an Widerständen in der persönlichen und beruflichen Sphäre wächst. Der Leser wird Zeuge, wie schwer Goethe es sich macht, wie er ständig an sich arbeitet, wie ihm auch die Lebenskunst keineswegs ohne weiteres in den Schoß fällt. Vieles mußte er sich erwerben.

* * *

Den Ausdruck ›Lebenskunst‹ hat Goethe übrigens nie verwendet (abgesehen von dessen einzigem Auftauchen als Stichwort, ohne jeden Zusatz, in einem Paralipomenon zu dem Aufsatz *Ueber den sog. Dilettantismus. oder Die practische Liebhaberey in den Künsten;* WA I 47, 321). Dagegen taucht die Umschreibung »Kunst des Lebens« in einem Brief an Charlotte von Stein auf, der höchst interessant ist, weil Goethe dort von einem ›Genie in der Kunst des Lebens‹ spricht. Mit diesem anspruchsvollen Lob charakterisiert Goethe die 29jährige Jeanette Louise Gräfin Werthern-Beichlingen auf Neunheiligen, wo er mit dem Herzog im März 1781 acht Tage zu Gast war. Schon am 8. hatte er Charlotte über die Gräfin berichtet: »Sie ist liebenswürdig, einfach, klug, gut, verständig, artig pp.« Am 9. fügt er hinzu: »In ihr ist eine Richtigkeit der Beurtheilung, ein unzerstörliches Leben und eine Güte die mir täglich neue Bewundrung und Freude machen.« Am 12. taucht noch ein weiterer Aspekt auf: »Heute früh hatten wir einen langen politischen Diskurs; auch diese Dinge sieht sie gar schön, natürlich und wie ihres gleichen.« Am aufschlußreichsten aber ist der Brief vom 11. März 1781, in dem Goethe voll staunender Bewunderung berichtet:

> Die Gräfinn hat mir manche neue Begriffe gegeben, und alte zusammengerückt. Sie wissen daß ich nie etwas als durch Irradiation lerne, daß nur die Natur und die größten Meister mir etwas begreiflich machen können, und daß im halben oder einzelnen etwas zu fassen, mir ganz unmöglich ist! – Wie oft hab' ich die Worte Welt, große Welt, Welt haben usw. hören müssen und habe mir nie etwas dabei denken können. Die meisten Menschen, die sich diese Eigenschaften anmaßten, verfinsterten mir den Begriff. | Dies kleine Wesen hat mich erleuchtet. Diese hat Welt oder vielmehr sie hat die Welt, sie weis die Welt zu behandeln (la manier) sie ist wie Quecksilber das sich in einem Augenblicke tausendfach theilt und wieder in eine Kugel zusammenläuft. Sicher ihres Werths, ihres Ranges handelt sie zugleich mit einer Delikatesse und Aisance die man sehn muß um sie zu dencken. Sie scheint iedem das seinige zu geben wenn sie auch nichts giebt, sie spendet nicht, wie ich andre gesehn habe, nach Standsgebühr und Würden iedem das eingesiegelte zugedachte Packetgen aus, sie lebt nur unter den Menschen hin, und daraus entsteht eben die schöne Melodie die sie spielt daß sie nicht ieden Ton sondern nur die auserwählten berührt. Sie tracktirts mit einer Leichtigkeit und einer anscheinenden Sorglosigkeit

> daß man sie für ein Kind halten sollte das nur auf dem Klaviere, ohne auf die Noten zu sehen, herumruschelt, und doch weis sie immer was und wem sie spielt. Was in ieder Kunst das Genie ist, hat sie in der Kunst des Lebens.

Goethe, dem sonst nur die Natur selber oder die größten Meister neue Begriffe geben, wird hier von einer jungen Frau ›erleuchtet‹, die in seiner enthusiastischen Schilderung wie eine antike Göttin oder Halbgöttin erscheint, so vollkommen ist ihre natürliche Anmut, die Leichtigkeit, mit der sie alle Menschen in ihrem Umkreis auf beglückende Weise zu behandeln versteht. Von den gesellschaftlichen Fähigkeiten der so Gepriesenen rühmt Goethe weiter:

> Sie kennt den größten Teil vom vornehmen, reichen, schönen, verständigen Europa, teils durch sich, teils durch andre, das Leben, Treiben, Verhältniß so vieler Menschen ist ihr gegenwärtig im höchsten Sinne des Worts, es kleidet sie alles was sie sich von iedem zueignet und was sie iedem giebt thut ihm wohl.

Ein ›Genie‹ in der ›Kunst des Lebens‹! »Genie« ist nach *Dichtung und Wahrheit* »diejenige Kraft des Menschen, welche durch Handeln und Tun, Gesetze und Regel gibt« (*FA* 14, 823). Zum Genie gehört aber auch das Anstrengungslose: »es läuft glücklich wie ein Nachtwandler über die scharfen Gipfelrücken weg, von denen die wache Mittelmäßigkeit beim ersten Versuche herunterplumpt.« (*FA* 11, 774) Nur in der Natur ist Goethe ein vergleichbares Phänomen begegnet: das sich tausendfach teilende und doch immer wieder in eine Kugel zusammenlaufende Element mit dem sprechenden Namen Quecksilber (Mlat.

agentum vivum). Das Gleichnis drückt Goethes Bewunderung für die Fähigkeit der klugen, gütigen, jungen Gräfin aus, sich scheinbar anstrengungslos in jeder Richtung zu bewegen, jedem einzelnen geben zu können, was ihm wohltut und dabei doch stets sie selber zu bleiben. Daß mit dem Ausdruck ›Kunst des Lebens‹ mehr gemeint ist als Kunst der Menschenbehandlung, darauf deuten Wendungen wie »gegenwärtig im höchsten Sinne des Wortes«, »unzerstörliches Leben«, und die Behauptung, daß sie die Welt hat, was noch mehr ist, als die Welt zu behandeln wissen. Indirekt geht aus dem Brief hervor, daß Goethe hier auch über sich selbst und sein Verhältnis zur Welt größere Klarheit gewinnt. Wie ›Quecksilber‹ zu sein schwebt ihm künftig als Ideal vor, und tatsächlich hat er in höheren Jahren sein eigenes Wesen als ›quecksilberartig‹ beschrieben (*Teilen kann ich nicht das Leben. Zahme Xenien VI; FA 2, 683*):

Und so spalt' ich mich, ihr Lieben
Und bin immerfort der Eine.

Gewiß war es auch Goethes Wunsch, jedem geben zu können, was ihm wohltut, ohne daß es ihm immer gelang, weswegen er sich selbst wohl kaum als ›Genie‹ in der ›Kunst des Lebens‹ empfand. Herder jedoch bezeugt 1784, daß Goethe »ein wahrer Genius (!) in seinen Geschäften und ein Engel in der Freundschaft« sei (*GG 707*). Knebel, der gleichfalls Gelegenheit hatte, Goethe genau zu beobachten, beteuert Lavater gegenüber: »die Summe des Menschen zusammen genommen, ist unendlich gut. Er ist mir ein Erstaunen, auch selbst von Güte« (*GG 583*). Schiller staunte gleichfalls, als er 1787 nach Weimar kam, daß Goethe dort allgemein »mehr noch als Mensch denn als Schriftsteller geliebt und bewundert« wurde (*GG 806*). Aus zahllosen Überlieferungen weiß man von Goethes charismatischer Ausstrahlung. Daß er als guter Geist Weimars galt, dem es gelang, vielen der ihm anvertrauten Menschen praktisch zu helfen und dem Leben Unzähliger, die in seinen Umkreis gerieten, höheren Schwung zu geben, sie innerlich reicher zu machen, können selbst die Widersacher nicht leugnen. Doch um zu leisten, was ihm gelang, mußte er ein Maximales an Geduld lernen, sich unendlich anstrengen und auch immer wieder zum Schutz seiner inneren Existenz sich von andern zurückziehen, was bei seinem übersensiblen, ungeheuer leidensfähigen Dichternaturell nicht verwunderlich ist. Wenn er in vielen zeitgenössischen Berichten und in der Auffassung der Nachwelt zumeist als Glückskind erscheint, so hat er dies Glück sich doch auch verdienen müssen. »Wie sich Verdienst und Glück verketten, | Das fällt den Toren niemals ein«, steht schon im *Faust* (*FA* 7/1, 217). Die *Lehrjahre* verdeutlichen den Sinn dieser wichtigen Aussage (*FA* 9, 424):

> Jeder hat sein eigen Glück unter den Händen, wie der Künstler eine rohe Materie, die er zu einer Gestalt umbilden will. Aber es ist mit dieser Kunst wie mit allen, nur die Fähigkeit dazu wird uns angeboren, sie will gelernt und sorgfältig ausgeübt sein.

Entsprechend hat auch Goethe an seiner ›Kunst des Lebens‹ wie ein Bildhauer an seiner Plastik gearbeitet. Gewiß fiel ihm durch Begabung vieles ohne Anstrengung zu. Intuition, Einfühlung ins menschliche Herz, ›Richtigkeit der Beurtheilung, ein unzerstörliches Leben und eine Güte‹, wie er sie an der Gräfin Werthern pries; und so war ihm auch selbst das »Leben, Treiben, Verhältniß so vieler Menschen« wie ihr »gegenwärtig im höchsten Sinne des Worts«. Besondere Lebenskunst entwickelte er bei der Begegnung mit den zahllosen Menschen, die zu ihm drängten. Meist veranlaßte er seine Gesprächspartner über Gegenstände aus ihrem Umkreis zu reden; Fachleute erhielten Gelegenheit, über ihre Gebiete zu sprechen und ihre Kenntnisse zu zeigen, während er von ihrem Spezialwissen profitierte. Besucher aus dem Ausland befragte er über ihre Länder usw. Die Gesprächssammlungen zeigen das immer wieder und dazu Goethes geniale Fähigkeit, aus Wahrnehmungen blitzartig höhere Einsichten zu ziehen: seine bescheiden *aperçus* genannten, aus Anschauung und Denken entspringenden Geistesblitze, ohne die Goethes Lebenskunst nicht denkbar wäre. Was wir mit diesem Ausdruck bezeichnen, ist im Grunde so komplex wie sein Leben selber, weswegen hier auch nur einzelne Aspekte ins Blickfeld gerückt werden können.

* * *

Vor allem ist auf die elementaren Lebensfreuden hinzuweisen, die Goethe sich seit seinem 20. Lebensjahr bewußthielt und aus denen er Kraft zog, um auch »das Uebel zu tragen, wenn es kommt«. Während der Straßburger Epoche entdeckte Goethe eine wahrhafte Beseligung durch körperliche Bewegung im Freien. *Dichtung und Wahrheit* berichtet, daß er glaubte, »eine Stimme vom Himmel zu hören«, als der von ihm verehrte Medizinprofessor Ehrmann seine Studenten 1771 in die Osterferien mit der Aufforderung entließ: ›Geben Sie Ihrem Körper Bewegung, durchwandern Sie zu Fuß und zu Pferde das schöne Land‹ (*FA 14, 494*). Durch Reiten und Wandern im Elsaß erlebte Goethe tatsächlich bis dahin nie gekannte Glücksgefühle, die als Lust am Dasein aus jeder Zeile der Straßburger Lyrik quellen. Der Zusammenhang von Körperlichem und Geistigem blieb ihm stets bewußt:

Denn Geist und Körper innig sind sie ja verwandt;
Ist jener froh, gleich fühlt sich dieser frei und wohl,
Und manches Übel flüchtet vor der Heiterkeit.
Prolog. Halle, den 6. August 1811; WA I 13.1, 175.

Wie Wilhelm Meister fühlte Goethe unwiderstehliche Neigung zur harmonischen Ausbildung seiner Natur »durch Leibesübung« (*FA 9, 659*). Zwar hatte er schon als 15½-jähriger, wie es damals standesgemäß und allgemein üblich war, reiten und fechten gelernt, aber ohne sich dafür zu begeistern. Erst in Straßburg macht ihm das Fechten Vergnügen, dem er »manche gesellige Stunde« verdankt, wie auch seine Leidenschaft fürs Reiten erst im Elsaß durchbricht, wo er sich angewöhnte, »alle abzumüßigenden Tage und Stunden zu Pferde und in freier Luft zuzubringen« (*FA 14, 468*), so daß jeweils sechsstündige Ritte von Straßburg nach Sesenheim und wieder zurück ihn nicht erschöpften. Erst seit 1773 verlockte es ihn, in Seen und Flüssen zu baden. In den 70er Jahren entwickelte sich Goethes Körpergefühl aufs intensivste. Von einem Aufenthalt bei der Schwester in Emmendingen berichtet er Johanna Fahlmer am 5. Juni 1775: »Ich bin sehr in der Luft. Schlafen, Essen, Trinken, Baden, Reiten, Fahren, war so ein paar Tage her der selige Inhalt meines Lebens.«

Natürliche Vorgänge wie Schlafen, Essen, Trinken, Baden, Bewegung in freier Luft, Reiten, Fahren als ›beseligend‹ zu empfinden war nicht nur eine vorübergehende Jugenderfahrung während jener kurzen Ferien auf dem Lande. Es wurde bezeichnend für seine Lebenskunst, was hier durch eine Blütenlese von Zitaten demonstriert sei.

Zunächst zum Thema des »süßen Schlafes«, für den Goethe die allergrößte Dankbarkeit bekundete:

Süßer Schlaf! Du kommst wie ein reines Glück ohngebeten, ohnerfleht am willigsten. Du lösest die Knoten der strengen Gedanken, vermischest alle Bilder der Freude und des Schmerzens, ungehindert fließt der Kreis innerer Harmonien, und eingehüllt in gefälligen Wahnsinn, versinken wir und hören auf, zu sein.

Egmont Akt V, Gefängnis/Egmont; FA 5,549.

Wärest du fieberhaft, wärest du krank,
Wüßtest dem Schlafe du herzlichen Dank;
Zeiten, sie werden so fieberhaft sein,
Laden die Götter zum Schlafen dich ein.

Des Epimenides Erwachen I 3/Genien; FA 6, 739.

Und alles löst sich endlich auf in Schlaf.
So Freud als Schmerz. [...]
Wenn alles, Begier und Freud und Schmerz
Im stürmenden Genuß sich aufgelöst.
Dann sich erquickt in Wonne Schlaf.
Dann lebst du auf, aufs jüngste wieder auf
Aufs neue zu fürchten zu hoffen und zu begehren.

Prometheus Akt II/Prometheus; FA 4, 418f.

Wo das Auge sich schließt und das Gehirn seine Herrschaft aufgibt, bin ich höchst erquickt, in einen natürlichen Schlaf zu fallen [...] Muß doch der Dichter, wenn er bescheiden sein will, bekennen, daß sein Zustand durchaus einen Wachschlaf darstelle, und im Grunde leugne ich nicht, daß mir gar manches traumartig vorkommt.

An Christian G. D. Nees von Esenbeck, 23. Juli 1820.

NACHTGESANG

O! gib vom weichen Pfühle,
Träumend, ein halb Gehör!
Bei meinem Saitenspiele
Schlafe! was willst du mehr?

Bei meinem Saitenspiele
Segnet der Sterne Heer
Die ewigen Gefühle;
Schlafe! was willst du mehr?

Die ewigen Gefühle
Heben mich, hoch und hehr,
Aus irdischem Gewühle;
Schlafe! was willst du mehr?

Vom irdischen Gewühle
Trennst du mich nur zu sehr,
Bannst mich in diese Kühle;
Schlafe! was willst du mehr?

Bannst mich in diese Kühle,
Gibst nur im Traum Gehör.
Ach! auf dem weichen Pfühle
Schlafe! was willst du mehr?

Lieder. Sammlung von 1815; FA 2, 58 f.

Der Mensch ist so gebaut dass wenn er auch auf wichtige Vorfälle bereitet, ruhig schläft, ihn doch eine verächtliche Wanze um die Nacht bringen kan.

An Charlotte von Stein [Mitte Januar 1781].

Ich legte mich zeitig zu Bette, mein gewöhnlich Mittel, wenn mir's in der Welt unheimlich wird.

An Charlotte von Stein, 9. September 1782.

Der Schlaf heilt bei mir vieles.

An Charlotte von Stein, 3. April 1785.

Am besten geschäh' dir
Du legtest dich nieder,
Erholtest im Kühlen
Ermüdete Glieder,
Genössest der immer
Dich meidenden Ruh.

Faust II, Akt II Vs. 7263 ff./Nymphen; FA 7/1, 294.

Bei Goethe [...] Über Träume. [Friedrich August] Wolf erinnert sich nie, geträumt zu haben, auch kann er schlafen, wann und wie lange er will. Den traumlosen Schlaf erklärt auch Goethe für den erquickendsten. Goethe erzählt einen sehr scharfsinnigen, philosophischen Traum den er in verflossener Nacht gehabt habe

Karl August Böttiger, 28. Mai 1795; GG 1200.

Im Alter schlafe man eigentlich nicht, der Schlaf ziehe sich nur über die Gegenstände des Tags wie eine Art von Flor und lasse sie durchscheinen.

Zu Riemer, 21. Mai 1807; GG 2468.

»Was hast du denn? Unruhig bist du nicht
Und auch nicht ruhig, machst mir ein Gesicht
Als schwanktest du magnetischen Schlaf zu ahnen.«
Der Alte schlummmert wie das Kind,
Und wie wir eben Menschen sind,
Wir schlafen sämtlich auf Vulkanen.
Zahme Xenien III; FA 2, 648.

Schlaf ich, so schlaf ich mir bequem;
Arbeit' ich, ja, ich weiß nicht wem.
Sprichwörtlich; FA 2, 389.

Schlummer und Schlaf, zwei Brüder, zum Dienste der Götter berufen,
Bat sich Prometheus herab, seinem Geschlechte zum Trost;
Aber, den Göttern so leicht, doch schwer zu ertragen den Menschen,
Ward nun ihr Schlummer uns Schlaf, ward nun ihr Schlaf uns zum Tod.
Antiker Form sich nähernd – Die Geschwister; FA 2, 327.

Nachts, wann gute Geister schweifen,
Schlaf dir von der Stirne streifen,
Mondenlicht und Sternenflimmern
Dich mit ewigem All umschimmern,
Scheinst du dir entkörpert schon,
Wagest dich an Gottes Thron.
Zahme Xenien VI; FA 2, 681.

Es liegen in der menschlichen Natur wunderbare Kräfte, erwiderte Goethe, und eben wenn wir es am wenigsten hoffen, hat sie etwas Gutes für uns in Bereitschaft. – Ich habe in meinem Leben Zeiten gehabt, wo ich mit Tränen einschlief; aber in meinen Träumen kamen nun die lieblichsten Gestalten, mich zu trösten und zu beglücken, und ich stand am andern Morgen wieder frisch und froh auf den Füßen.

Zu Eckermann, 12. März 1828.

* * *

Spricht man von Goethes Lebenskunst, so darf seine Freude am Essen, die aus unzähligen Werken, Briefen und Gesprächen hervorgeht, nicht unerwähnt bleiben. Daß Nahrungsaufnahme für ihn nichts Triviales, sondern ein wesentlicher Teil des Lebens war, zeigt die Tagebucheintragung vom 7. August 1779: »Möge die Idee des Reinen, die sich bis auf den Bissen erstreckt, den ich in Mund nehme, immer lichter in mir werden.« Leib, Seele und Geist waren für Goethe untrennbar. Gaumenfreuden hielt er durchaus der Erinnerung wert, besonders im Zusammenhang mit Menschen, denen er sie verdankte und mit denen er sie teilte. Goethes Lust am Bewirten drückt das Gedicht *Offne Tafel* aus (*FA 2, 90*):

Viele Gäste wünsch' ich heut
Mir zu meinem Tische!
Speisen sind genug bereit
Vögel, Wild und Fische.
Eingeladen sind sie ja,
Haben's angenommen.
Hänschen, geh' und sieh' dich um!
Sieh' mir ob sie kommen! [...]

Auch das *Nachspiel zu Ifflands Hagestolzen* zeigt Goethes Vergnügen an Tafelfreuden (*WA I 13/1, 148 f.*):

PAUL.

Schwester, hast du so was gesehn?
Der Herr da drinn der weiß zu kochen!

BÄRBCHEN.

Ich denke mir, es schmeckt recht schön,
Wie schön hat es nicht schon gerochen.

WACHTEL (unter der Thür).

Ihr Kinderchen, heran, heran!
In Ordnung schnell, das Fest geht an!
[...] Hier war ein ländlich Mahl zu bereiten.

PAUL.

Ich trage Braten.

BÄRBCHEN.

Ich Grünigkeiten.

THERESE.

Es wird noch immer städtisch enden;
Pastete trag' ich auf den Händen.

LINDE.

Sei's wie ihm wolle, keine Noth,
Hausbacken, tüchtig ist mein Brod.

WACHTEL.

Doch, wie zuletzt aus der Cass'rolle
Ein Sößchen sich entwickeln solle,
Das ist mir nur allein bewußt;
Das Kochen gibt mir Essenslust.

Zur Vorbereitung der Bewirtung von Herzog Carl August in Frankfurt empfiehlt Goethe seiner Mutter Mitte August 1779 ihre erprobten ›bürgerlichen‹ Kochkünste:

> Essen macht ihr Mittags vier Essen nicht mehr noch weniger, kein Geköch, sondern eure bürgerlichen Kunststück aufs beste, was ihr frühmorgens von Obst schaffen könnt wird gut seyn.

In liebevoll zärtlicher Weise ist in den Briefen an Charlotte von Stein oft vom Essen die Rede; z.B. am 27. April 1781:

> Heut ist Conseil doch bitt ich hebe mir etwas zu Essen auf ich will mich von deinen Händen nähren.

Wichtig ist die Gesellschaft, mit der man besondere Mahlzeiten teilt; so erfährt Charlotte am 23. Juli 1784:

> Wir haben heute Abend in meinem Garten von dem Schweinskopf gezehrt. Die Voßens, Knebel, Voigt und dein Bruder [...]

Während der Italienreise berichtet Goethe den Weimarer Freunden wiederholt von Kulinarischem. So *Italienische Reise, Palermo, 13. April 1787; FA 15/1, 271*:

> Vom Essen und Trinken hier zu Land [Sizilien] hab' ich noch nichts gesagt, und doch ist es kein kleiner Artikel. Die Gartenfrüchte sind herrlich, besonders der Salat von Zartheit und Geschmack wie eine Milch; man begreift, warum ihn die Alten Lactuca genannt haben. Das Öl, der Wein alles sehr gut, und sie könnten noch besser sein, wenn man auf ihre Bereitung mehr Sorgfalt verwendete. Fische die besten, zartesten. Auch haben wir diese Zeit her sehr gut Rindfleisch gehabt, ob man es gleich sonst nicht loben will.

Überhaupt finden sich in allen Goetheschen Reisebeschreibungen Erwähnungen denkwürdiger Mahlzeiten. Besonders auffallend sind sie in der *Campagne in Frankreich* wegen des starken Kontrasts zum eigentlichen Feldzug, der

Goethe mit »Verdruß und Scham« erfüllte (*FA 16, 454 f.; 459 f.*):

> [...] Doch wollte uns bedünken, daß wir gar zu schmal abgefunden würden, ob wir uns gleich bei dem bekannten allgemeinen Mangel bescheiden darein ergaben. | Indessen schenkte mir das Glück Gelegenheit einem bessern Gastmahl beizuwohnen [...] denn mir schien [im Traum] als röch' ich, als genöss' ich die besten Bissen, und als ich darüber aufwachte, mich aufrichtete, war mein Zelt voll des herrlichsten Geruchs gebratenen und versengten Schweinefettes, der mich sehr lüstern machte. Unmittelbar an der Natur mußte es uns verziehen sein den Schweinehirten für göttlich und Schweinebraten für unschätzbar zu halten. Ich stand auf und erblickte in ziemlicher Ferne ein Feuer, glücklicherweise ober dem Winde: von daher kam mir die Fülle des guten Dunstes. Unbedenklich ging ich dem Scheine nach und fand die sämmtliche Dienerschaft um ein großes, bald zu Kohlen verbranntes Feuer beschäftigt, den Rücken des Schweins schon beinahe gar, das Übrige zerstückt, zum Einpacken bereit, einen jeden aber thätig und handreichend, um die Würste bald zu vollenden. Unfern des Feuers lagen ein paar große Baumstämme; nach Begrüßung der Gesellschaft setzt' ich mich darauf, und ohne ein Wort zu sagen, sah ich einer solchen Thätigkeit mit Vergnügen zu. Theils wollten mir die guten Leute wohl, theils konnten sie den unerwarteten Gast schicklicherweise nicht ausschließen, und wirklich, da es zum Austheilen kam, reichten sie mir ein kostbares Stück; auch war Brot zu haben und ein Schluck Branntwein dazu; es fehlt eben an keinem Guten. | Nicht weniger ward mir ein tüchtiges Stück Wurst gereicht, als wir uns noch bei Nacht und Nebel zu Pferde

setzten; ich steckte es in meine Pistolenhalfter und so war mir die Begünstigung des Nachtwindes gut zu statten gekommen.

Campagne in Frankreich 1792, 1. Oktober; FA 16, 454f.

Wenn man sich auch mit einigem Essen und trinken gestärkt und den Geist durch sittliche Trostgründe beschwichtigt hatte, so wechselten doch immer Hoffnung und Sorge, Verdruß und Scham in der schwankenden Seele; man freute sich noch am Leben zu sein, unter solchen Bedingungen zu leben verwünschte man. Nachts um zwei Uhr brachen wir auf [...] Da verweilten wir nun [...] das lebhafteste Küchenfeuer sogleich besorgend. Die zartesten Linsen die ich jemals genossen, lange, rothe, schmackhafte Kartoffeln waren bald bereitet. Als aber zuletzt jene, von den östreichischen Fuhrleuten aufgebrachten, bisher streng verheimlichten Schinken gar geworden, konnte man sich genugsam wieder herstellen. [...] Indessen freuten wir uns so marketenderhaft eingerichtet zu sein, um Hohe wie Niedere erquicken zu können. Erst war die Trommel eines allda postirten Pikets die Tafel, dann holte man aus benachbarten Orten Stühle, Tische und machte sich's und den verschiedenartigsten Gästen so bequem als möglich. Der Kronprinz und Prinz Louis ließen sich die Linsen schmecken, mancher General der von weiten den Rauch sah, zog sich darnach. Freilich, wie auch unser Vorrath sein mochte, was sollte das unter so viele? [...] es wäre schwer einzeln zu erzählen, wie viel der unglücklichen vorbeiziehenden einzelnen Kranken durch Kämmerier und Koch erquickt wurden.

Campagne in Frankreich 1792, 2. Oktober; FA 16, 455f.

Wiederholt benutzte Goethe die Gelegenheit, seine Sympathie für die Franzosen zum Ausdruck zu bringen, die ›Feinde‹, gegen die sein Herzog mit den preußischen Truppen zu Felde zog. So bei Schilderung eines landesüblichen Essens:

> Die landsittliche Kochvorrichtung, pot au feu, konnt' ich hier [in Sivry] zum erstenmal genau betrachten. Ein großer eiserner Kessel hing an einem Haken, den man durch Verzahnungen erhöhen und erniedrigen konnte, über dem Feuer; darin befand sich schon eines gutes Stück Rindfleisch mit Wasser und Salz, zugleich aber auch mit weißen und gelben Rüben, Porrée, Kraut, und andern vegetabilischen Ingredienzien. [...] Der Tisch war gedeckt, ein großer irdener Napf aufgestellt, schönes weißes Brot in Scheibchen hineingeschnitten, die heiße Brühe drüber gegossen und guter Appetit empfohlen. Hier hätten jene Knaben, die mein Commißbrot verschmähten, mich auf das Muster von bon pain und bonne soupe verweisen können. Hierauf folgte das zu gleicher Zeit gar gewordene Zugemüse, so wie das Fleisch, und jedermann hätte sich an dieser einfachen Kochkunst begnügen können.
>
> *Campagne in Frankreich 1792, 4. Oktober;*
> *FA 16, 459f.*

Auf der Rückreise vom Feldzug war Goethe als Gast der Familie F.H. Jacobis in Düsseldorf-Pempelfort üppig bewirtet worden; anschließend schrieb er seinen Gastgebern aus Weimar (29. Dezember 1794):

> Nun sey noch ein Wort von meinen Sünden an die Kirchen und Küchenmutter Lene gerichtet. Nach der eigent-

lichen Anti-Heilsordung muß der Bösewicht alle sieben Kardinal Sünden begehen, um mit Ehren verdammt werden zu können. So ladet Don Juan nachdem er mit Mord und Todtschlag angefangen, mit Nothzucht fortgefahren, mit Wortbrüchigkeit die Laster gesteigert, endlich noch die Statue zum Essen ein, damit auch gulositas ausgeübt werde und sein schmähliches Ende desto gerechter accelerirt werden könne. Nun sind wir zwar so ziemlich im Stande, uns, durch eine löbliche Anzahl unerlaubter Handlungen, zum Höllen-Candidaten zu qualificiren, allein mit der gulositate will es nicht recht fort, indem wir uns höchstens an einem guten Schöpsenbraten und einer leidlichen Knackwurst versündigen können. Da sagt uns nun der böse Geist: in jenen Gegenden gebe es ein Unmaaß köstlichen geräucherten Rindfleisches, Rinds und Schweinszungen, geräucherte Aele und andrer wunderbaren Fische, fremder Käse und ein solches Gedränge von Leckerbissen pp daß wir darnach unglaublich lüstern und folglich zum Verderben völlig reif geworden sind. Unsre Freundinn, die Kirchen und Küchen-Mutter Lene, wird aus diesen Prämissen ersehen: daß es ihre Pflicht ist, sobald als möglich, durch ihre dienstbaren Geister, uns ein Musterkästchen solcher soliden Reitze zu übersenden. Denn da sie, wie wir hoffen, uns, im entscheidenden Augenblick mit ihren operibus supererogationis zu Hülfe kommen und uns dem Satan aus den Zähnen reisen wird, so erscheint alsdann ihr Verdienst um desto größer und herrlicher je größer die Sündenmasse war, mit welcher uns zu beladen sie uns selbst Gelegenheit gegeben hat.

In den Briefen an die für sein leibliches Wohl besorgte Christiane ist oft vom Essen die Rede; gelegentlich muß sie ihm

Cervelatwurst nach Jena schicken; von Böhmen aus bittet er sie, sich nach Krebsen umzutun, von Stuttgart berichtet er, daß er sich an »fürtrefflichen Mirabellen satt gegessen« habe usw. Doch schickt er ihr auch seinerseits begehrte Eßbarkeiten:

> Statt des versprochenen Aales sende dir Dritthalbpfund frischen Lachs und sehe es als ein gutes Zeichen an daß ich dich zum Abschiede so gut tracktiren kann.
> *An Christiane Vulpius, Jena 17. Juni 1806.*

Freund Knebel verdient sich wiederholt Goethes Dank:

> Die köstlichen Käse, die du mir überschickt hast verdienen auf alle Weise einen Platz in einer theokritischen Idylle.
> *An C. L. von Knebel, 17. September 1799*

> Ob ich gleich sonst nicht lecker bin und das Aufkeimen einer jeden eßbaren Pflanze ganz ruhig abwarte, so ist mir doch dießmal die Langsamkeit der Spargel höchst verdrießlich [...] Habe daher den besten Dank für das neulich übersendete Gericht.
> *An C. L. von Knebel, 1. Mai 1805.*

Bei Aufenthalten in Jena bittet Goethe gelegentlich den dortigen Museumsschreiber Färber, seinen ehemaligen Sekretär, ihm »ein gutes Essen junger Zuckerschoten« (4. August 1820) oder »einige Feigen, Pfirschen, Trauben« (4. September 1830) herüberzuschicken. Auf Vorsorge als Hausvater und Gastgeber deutet eine Bestellung an den Delikatessen-Händler Joh. Wilh. Schneider in Frankfurt am Main vom 13. Dezember 1826:

Der Herr Staats-Minister v. Goethe ersucht Herrn J.W. Schneider, eine Pastete mit Fischwerk von mittlerer Größe gegen die Christfeyertage hierher zu senden; auch 3 Pfund ächte Perigord-Trüffeln beyzulegen.

Weil viele Lebensmittel im kleinen Weimar nicht zu bekommen waren, bat Goethe wiederholt auswärtige Freunde um Sendung zusätzlicher Delikatessen; besonders Zelter in Berlin; so am 16. Dezember 1804:

Zwar ist es meiner Natur gemäß an einem kleinen Orte zu leben; aber das schlimmste ist, daß man da fast nichts zu genießen hat, als was man sich selbst auftischt, da man an großen Orten oft und bequem zu Gaste gehn kann. | Bei Gelegenheit des zu-Gaste-gehens fällt mir ein irdisch Bedürfnis ein, das Sie recht gut befriedigen können. Schicken Sie mir doch mit dem Postwagen einen halben Scheffel echte märkische Rübchen, nur lassen Sie solche gut emballieren, damit sie nicht gleich von der Kälte leiden. Dagegen sende ich nächstens wieder einige griechische Früchte, die den großen Vorzug haben, daß sie Leib und Seele zugleich erquicken.

Zelter versorgte ihn von nun an treulich mit Teltower Rübchen und andern willkommenen Viktualien bis zum Lebensende. Solche »nordischen Wohltaten« aus Berlin gelangten auch gelegentlich durch Sara von Grotthus in Gestalt von Fasanen und Spick-Gänsen nach Weimar. Während der Kuraufenthalte in Böhmen hielt Goethes Tagebuch wiederholt kulinarische Besonderheiten fest:

Abends mit Frau von Eybenberg auf dem Hammer und Krebse eingekauft [...] Nachher bey Frau von Eybenberg Forellen und Krebse gegessen.
Tagebuch, Carlsbad 30. Juli 1808.

Die ersten Steinpilze gegessen.
Tagebuch, Carlsbad 26. August 1808.

Aus Frankfurt a. M. erbat Goethe sich bis in seine späteste Lebenszeit von der Familie Willemer immer wieder Artischocken, Kastanien und Mostsenf, denen die fürsorgliche Marianne Zuckerwerk, Lebkuchen oder Honig hinzufügte, wie Goethe beim Danken erwähnt:

Also abermals Artischocken! sorgfältig wie die vorigen gepackt und nun gar mit Zuckerwerk begleitet, bei Tisch und Nachtisch zur Freude und Bewunderung großer und kleiner Familienglieder und werter Gäste.
An Marianne von Willemer,
Weimar 6. Oktober 1824.

Ihre stachlig-süße Gabe [...] die mir überschickten grünen Früchte gereichen mir diesmal nicht allein zum Genuß, sondern ich stolziere auch damit gegen meine Gäste, indem nicht allein mir, sondern fast allen Gemüsgärtnern dies Erzeugnis heuer nicht gelingen wollen, so daß ich freundlichst noch um eine Sendung bitte.
An Marianne von Willemer, 17. August 1827.

[...] daß gewisse Angehörige [...] unsichtbar zur Seite geblieben [... davon] gibt denn doch wohl die Kapsel voll Süßigkeit [Honig aus den Schweizer Alpen] ein höchst gültiges Zeugnis, welche Gabe denn auch mit dem besten Dank gesellig genossen wird.

An Marianne und J. von Willemer, Weimar 12. Juni 1829.

Besonders gern gesellte Goethe den Rübchen aus dem Norden die Kastanien aus dem Süden zu (an Zelter, 16. Dezember 1829), was Anlaß gab zu dem Aphorismus:

Laßt uns doch vielseitig seyn! Märkische Rübchen schmecken gut, am besten gemischt mit Kastanien. Und diese beiden edlen Früchte wachsen weit auseinander.

Sprüche in Miszellen. Nachlaß; FA 13, 390.

Die Geselligkeit in Goethes Haus war ein vielfaches Kommen und Gehen [...] Er lud gern zu Tisch ein, wo sein Sohn, Ottilie, Ulrike, die Enkel und der Hauslehrer die Tischgäste waren. Man aß nach damaliger Zeit gut, nach jetziger einfach; erst in den letzten Jahren hatte er einen Koch, vorher Haushälterinnen, mit denen er die Wirtschaft führte ohne Ottiliens Hülfe. Er hatte kein Vertrauen in ihre wirtschaftlichen Talente und sagte wohl scherzend: »Ich hatte mir so eine kochverständige Tochter gewünscht, und nun schickt mir der liebe Gott eine Thekla und Jungfrau von Orleans ins Haus.«

Jenny von Pappenheim: Erinnerungen; GG 7262.

Am liebenswürdigsten und am heiter geselligsten war Goethe am Mittagstische, wo jedoch die Eingeladenen nie die Zahl der Musen überschritten. Vor ihm stand eine Flasche alten Rheinweins, welche er ganz allein zu leeren pflegte; wir andern hatten uns aus den vor uns aufgestellten Flaschen nach Belieben zu versorgen. Auf den Küchenzettel, den er für gewöhnlich selbst angab, hatte die Anwesenheit von Gästen einen besonderen Einfluß. Es gab außer der Suppe gewöhnlich drei, höchstens vier Schüsseln: Fleisch mit Gemüse (er aß sehr gern ein nach italienischer Kochkunst bereitetes stuffato), dann gab es Fisch (Forellen liebte er zumeist), Braten (zumeist Geflügel oder Wild) und, wie er erklärte, wegen der Damen, eine Mehlspeise (Karlsbader Strudel), wohlschmeckender, wenn auch nicht wohltätiger als der dortige Sprudel. Er selbst zog der süßen Speise ein Stück englischen oder Schweizer Käse vor. Das Zerlegen des Bratens, selbst wenn es ein schwieriges Wildziemer war, besorgte er eigenhändig, legte auch wohl einer begünstigten Tischgenossin ein ausgesuchtes Stück oder die zierlichste der Forellen vor. – Vorherrschend war an dem Mittagstische bei dem alten Herrn – wir hatten ja damals seinen siebenzigsten Geburtstag festlich begangen – der ausgezeichnet gute Humor und die scherzhaften Neckereien mit seiner Schwiegertochter; doch nahm die Uterhaltung zuweilen auch eine ernste Richtung [...]

F. Förster. Aus dem Nachlaß; GG 7255.

Er [Goethe] war heute munterer, als die vorhergehenden Tage und die Tischgesellschaft beschränkte sich ebenfalls wieder nur auf fünf Personen. Irgendein Gericht, welches auf den Tisch kam, gab Veranlassung, die Damen über die Berliner Küche zu examinieren, und Goethe verweilte mit sichtbarem Wohlgefallen bei diesem Gespräch. Er rühmte, daß ihn sein Freund Zelter sehr gewissenhaft mit märkischen Rübchen versorge. Man spricht, sagte er, so oft davon, daß die Berliner Zeitungen so uninteressant wären: ich für meinen Teil vermeide, sie zu lesen, weil sie für mich zu großen Reiz haben; denn da gibt es ganze

Seiten voll verführerischer Artikel, als da sind: Die großen Präsentaustern, großkörniger astrachanischer Kaviar, Delikateßheringe und was weiß ich alles; aber ich will mich wohl hüten, es zu verraten, denn sonst kommt mein heutiger Küchenzettel zu kurz dabei.

Zu F. Förster, 25. August 1831.

Ich weiß nicht genug zu danken für die von Zeit zu Zeit übersendeten Stachelgewächse [Artischocken]; sie halfen mir manchen freundlichen Mittag erheitern. Wenn man die Früchte besserer Klimaten genießt, so wird man augenblicklich hinüberversetzt, und die Einbildungskraft erhöht den Genuß. | Ebenso soll auch der zugesagte Senf willkommen sein; welchem allem aber ich noch einen Wunsch hinzufüge. Mein Arzt verlangt, ich soll manchmal von eingemachtem Ingber etwas genießen, wie wir ihn sonst aus Indien von holländischen Gönnern erhielten. Diese Quelle versiegte nach und nach, gewiß aber werden die Frankfurter Konditor dergleichen eben so gut bereiten. Mögen Sie ein Glas oder Töpfchen mir einpacken lassen, so denken Sie dabei, daß Sie mich oft bei Dessert erfreuen.

An Marianne von Willemer,
Weimar 9. November 1830.

Für die herkömmliche Freundlichkeit der musterhaften Distelköpfe [Artischocken] habe vor allen Dingen Dank zu sagen; sie kamen, so wie wohlgemeint, auch gerade zur rechten Zeit, und die lieben Gäste wußten nicht, was sie von meiner vortrefflichen Gartenkunst denken sollten. So füll ich auch gesellige Gläser, zwar haushältisch, aber mit bestem Willen, von jenen freundlichen Frankfurter Geschenken. [...]

An Marianne von Willemer, Weimar 6. Dezember 1831.

Die anmutigen Süßigkeiten sind glücklich angekommen und, was wirklich merkwürdig ist, haben Sie durch die obere Schicht eine frühere Geschmackslust Ihres bejahrten Freundes wieder aufgeregt; wenn die andern beiden Schichten, im Gegensatz der trübsten Wintertage, mir sonnenfreundliche Gesichter zu entwickeln nicht verfehlen werden. | Was übrigens mich betrifft, so genügt' mir bei Tisch das Wenigste, Einfachste, dächt ich nicht manchmal an die übrigen mitgenießenden Hausgenossen und Gäste. Deswegen möcht ich Sie jetzt nur um eine mäßige Sendung von Kastanien bitten, von welchen diesen Winter kaum einige Musterbilder zu uns gekommen sind. | Sodann fällt mir aber doch ein: Sie um ein paar Schwartenmagen zu bitten, welche, bei mäßiger Kälte, wohl möchten zu transportieren sein. Während meiner Mutter Lebzeiten kamen dergleichen zu gehöriger Zeit regelmäßig an, und nur zwei der ältesten Freunde erinnern sich derselben, als fabelhafter mythologischer Produktionen. | Gewiß werden Sie billig finden, daß ich mein kulinarisches Regiment mit Seltenheiten zu illustrieren geneigt bin, und werden mir, als liebe, sorgliche Freundin, hierzu gern einigen Beitrag tun. Unsre wunderliche weimarische Stellung in Absicht auf fremde Eßbarkeiten schildere ich Ihnen zunächst.

An Marianne von Willemer, Weimar 9. Februar 1832.

Ich habe gespeiset, nun speis' ich erst gut!
Bei heiterem Sinne, mit fröhlichem Blut
Ist alles an Tafel vergessen.
Die Jugend verschlingt nur, dann sauset sie fort;
Ich liebe zu tafeln am lustigen Ort,
Ich kost' und ich schmecke bei'm Essen.

Gewohnt, getan. Gesellige Lieder; FA 2,82.

Was der Lebenskünstler Goethe zum Lob des Weins und der glücklichen Trunkenheit sagt, sei gleichfalls in Erinnerung gebracht:

Der Wein erfreut des Menschen Herz, und die Freudigkeit ist die Mutter aller Tugenden. Wenn Ihr Wein getrunken habt, seid Ihr alles doppelt, was Ihr sein sollt, noch einmal so leicht denkend, noch einmal so unternehmend, noch einmal so schnell ausführend.

Götz von Berlichingen Herberge/Martin;
FA 4, 285 f.

Ich habe getrunken; nun trink' ich erst gern!
Der Wein erhöht uns, er macht uns zumHerrn
Und löset die sklavischen Zungen.
Ja schonet nur nicht das erquickende Naß:
Denn schwindet der älteste Wein aus dem Faß,
So altern dagegen die Jungen.

Gewohnt, getan. Gesellige Lieder; FA 2, 82.

Nach mancherlei Früchten des Sommers und Herbstes war aber doch zuletzt die Weinlese das Lustigste und am meisten Erwünschte; ja es ist keine Frage, daß wie der Wein selbst den Orten und Gegenden, wo er wächst und getrunken wird, einen freiern Charakter gibt, so auch diese Tage der Weinlese, indem sie den Sommer schließen und zugleich den Winter eröffnen, eine unglaubliche Heiterkeit verbreiten. Lust und Jubel erstreckt sich über eine ganze Gegend. Des Tages hört man von allen Ecken und Enden Jauchzen und Schießen, und des Nachts verkünden bald da bald dort Raketen und Leuchtkugeln, daß man noch überall wach ud munter diese Feier gern so lange als möglich ausdehnen möchte. Die nachherigen Bemühungen beim Keltern und während der Gärung im

Keller gaben uns auch zu Hause eine heitere Beschäftigung.

Dichtung und Wahrheit I 4; FA 14, 173.

Glückliche Kinder und Jünglinge wandeln in einer Art von Trunkenheit vor sich hin die sich dadurch besonders bemerklich macht, daß die Guten, Unschuldigen das Verhältnis der jedesmaligen Umgebung kaum zu bemerken, noch weniger anzuerkennen wissen.

Dichtung und Wahrheit IV 16; FA 14, 736.

Trunkenheit! [...] Ich bin mehr als einmal trunken gewesen, meine Leidenschaften waren nie weit vom Wahnsinn, und beides reut mich nicht: denn ich habe in meinem Maße begreifen lernen, wie man alle außerordentlichen Menschen, die etwas Großes, etwas Unmöglichscheinendes wirkten, von jeher für Trunkene und Wahnsinnige ausschreien mußte.

Die Leiden des jungen Werthers. 1. B. 12. August; FA 8, 95f.

Ohne Wein kan's uns auf Erden
Nimmer wie dreyhundert werden
Ohne Wein und ohne Weiber
Hohl der Teufel unsre Leiber

Tagebuch, 15. Juni 1775 aufm Zürchersee.

Ein Mädgen und ein Gläsgen Wein
Kurieren alle Not
Und wer nicht trinkt und wer nicht küßt
Der ist so gut wie tot.

Jeri und Bätely, 1. Fassung; FA 5, 206.

Den 19. September [1792] Nachts. So gelangten wir bis Somme Tourbe [...] als mir ein lieber Bekannter begegnete, der so gut wie ich an Hunger und Durst litt, fiel mir eine Kriegslist ein [...] Hinabgestiegen fanden wir [...] verschiedene Abtheilungen in Sand gelegter gefüllter Flaschen, wo der gutmüthige Kamerad, der sie schon durchprobirt hatte, an die beste Sorte wies. Ich nahm zwischen die ausgespreizten Finger jeder Hand zwei Flaschen, zog sie unter den Mantel, mein Freund deßgleichen, und so schritten wir, in Hoffnung baldiger Erquickung, die Straße wieder hinaufwärts. | Unmittelbar am großen Wachtfeuer gewahrte ich eine schwere starke Egge, setzte mich darauf und schob unter dem Mantel meine Flaschen zwischen die Zacken herein. Nach einiger Zeit bracht' ich eine Flasche hervor, wegen der mich meine Nachbarn beriefen, denen ich sogleich den Mitgenuß anbot. Sie taten gute Züge, der letzte bescheiden, da er wohl merkte er lasse mir nur wenig zurück; ich verbarg die Flasche neben mir und brachte bald darauf die zweite hervor, trank den Freunden zu, die sich's abermals wohl schmecken ließen, anfangs das Wunder nicht bemerkten, bei der dritten Flasche jedoch laut über den Hexenmeister aufschrieen; und es war, in dieser traurigen Lage, ein auf alle Weise willkommener Scherz.

Campagne in Frankreich; FA 16, 429.

Wir leben [...] etwas mäßiger als vorm Jahre, besonders auch was den Wein betrifft; wobey mir denn lieb ist, aus deinem Briefe zu sehen, daß du dich auch vor diesem so sehr zur Gewohnheit gewordenen Getränk in Acht nimmst, das mehr als man glaubt einem besonnenen heitern und thätigen Leben entgegen wirkt.

An August von Goethe, Carlsbad 3. Juni 1808.

Wein macht munter geistreichen Mann,
Weihrauch ohne Feuer man nicht riechen kann.
Zahme Xenien IV 1059; FA 2, 657.

Goethe wohnte einmal einige Wochen [1.-8. September 1814] in unserm Hause auf unserm Landgut in Winkel [...] Er schöpfte sich immer seinen Teller schrecklich voll Speise, die er aber meistens immer liegen ließ, ohne sie zu genießen, was mir als Hausfrau immer das unbehagliche Gefühl hervorrief, als sei ihm nichts gut genug zubereitet. Von unsrem guten Rheinweine konnte er aber ganz fürchterlich viel trinken, besonders von dem Elfer [Jg. 1811].
Antonie Brentano, Erinnerungen; GG 4055.

Unter Lieben, Trinken, Singen
Soll dich Chisers Quell verjüngen [...].
Will in Bädern und in Schenken
Heil'ger Hafis dein gedenken [...]
Hegire. West-östlicher Divan. Buch des Sängers; FA 3/1, 12.

Abends war ich mit Goethe und Oberbergrat Cramer auf dem Geisberg, es wurde oben gezecht in der Schenke. Der Wirt heißt Hastings; schöner, freundlicher blonder Aufwärter [...] Auf dem Rückweg [Gespräch über] orientalische Poesie.
S. Boisserée, Tagebuch Wiesbaden 5. August 1815; GG 4169.

DEM KELLNER

Setze mir nicht, du Grobian,
Mir den Krug so derb vor die Nase!

Wer mir Wein bringt sehe mich freundlich an,
Sonst trübt sich der Eilfer im Glase.

DEM SCHENKEN

Du zierlicher Knabe,du komm herein,
Was stehst du denn da auf der Schwelle?
Du sollst mir künftig der Schenke seyn,
Jeder Wein ist schmackhaft und helle.
West-östlicher Divan. Schenkenbuch; FA *3/1, 106.*

Abends [liest Goethe] wieder Stücke aus dem Divan. *Der Schenke* [...] Ein anderes Gedicht bezieht sich auf den schönen jungen, blonden Keller auf dem Geisberg bei G. Hastings (Wiesbaden)
S. Boisserée, Tagebuch Wiesbaden 8. August 1815; GG *4173.*

Ob der Koran von Ewigkeit sei?
Darnach frag' ich nicht! [...]
Daß aber der Wein von Ewigkeit sei
Daran zweifl' ich nicht. [...]
Der Trinkende, wie es auch immer sei,
Blickt Gott frischer ins Angesicht.
West-östlicher Divan. Schenkenbuch; FA *3/1, 105.*

Da wird nicht mehr nachgefragt!
Wein ist ernstlich untersagt.
Soll denn doch getrunken seyn,
Trinke nur vom besten Wein:
Doppelt wärest du ein Ketzer
In Verdammnis um den Krätzer
West-östlicher Divan. Schenkenbuch; FA *3/1, 105 f.*

So lang man nüchtern ist
Gefällt das Schlechte,
Wie man getrunken hat
Weiß man das Rechte;
Nur ist das Übermaß
Auch gleich zuhanden;
Hafis! O lehre mich
Wie du's verstanden..

West-östlicher Divan. Schenkenbuch; FA *3/1, 409.*

Da Sie übrigens meinen Divan so gut kennen, so wissen Sie, daß ich selber gesagt habe: »Wenn man getrunken hat, weiß man das Rechte«, und daß ich Ihnen also vollkommen beistimme. Es liegen im Wein allerdings produktiv machende Kräfte sehr bedeutender Art; aber es kommt dabei alles auf Zustände und Zeit und Stunde an, und was dem einen nützet, schadet dem andern.

Zu Eckermann, 11. März 1828.

DICHTER.
Schenke, komm! Noch einen Becher!
SCHENKE
Herr, du hast genug getrunken,
Nennen dich den wilden Zecher!
DICHTER
Sahst du je, daß ich gesunken?
SCHENKE
Mahomet verbietet's.
DICHTER
Liebchen!
Hört es niemand, will dir's sagen.
SCHENKE
Wenn du einmal gerne redest,
Brauch' ich gar nicht viel zu fragen.

DICHTER

Horch! wir andre Muselmanen
Nüchtern sollen wir gebückt sein.
Er, in seinem heilgen Eifer,
Möchte gern allein verrückt sein.

West-östlicher Divan. Schenkenbuch; FA 3/1, 110 *f.*

Sie haben wegen der Trunkenheit
Vielfältig uns verklagt,
Und haben von unsrer Trunkenheit
Lange nicht genug gesagt.
Gewöhnlich der Betrunkenheit
Erliegt man bis es tagt;
Doch hat mich meine Betrunkenheit
In der Nacht umher gejagt.
Es ist die Liebestrunkenheit
Die mich erbärmlich plagt,
Von Tag zu Nacht, von Nacht zu Tag
In meinem Herzen zagt.
Dem Herzen das in Trunkenheit
Der Lieder schwillt und ragt,
Dass keine nüchterne Trunkenheit
Sich gleich zu heben wagt.
Lieb', Lied und Weines Trunkenheit,
Ob's nachtet oder tagt,
Die göttlichste Betrunkenheit
Die mich entzückt und plagt.

West-östlicher Divan. Schenkenbuch; FA 3/1, 107 *f.*

Wenn der Mensch die Erde schätzet,
Weil die Sonne sie bescheinet,
An der Rebe sich ergetzet,
Die dem scharfen Messer weinet,

Da sie fühlt, daß ihre Säfte,
Wohlgekocht, die Welt erquickend,
Werden regsam vielen Kräften,
Aber mehreren erstickend –
Weiß er das der Glut zu danken,
Die das alles läßt gedeihen:
Wird Betrunkner stammelnd wanken,
Mäßiger wird sich singend freuen.

West-östlicher Divan. Buch des Parsen; FA 3/1, 124*f.*

Trunken müssen wir alle seyn!
Jugend ist Trunkenheit ohne Wein;
Trinkt sich das Alter wieder zu Jugend,
So ist es wundervolle Tugend.
Für Sorgen sorgt das liebe Leben
Und Sorgenbrecher sind die Reben.

West-östlicher Divan. Schenkenbuch; FA 3/1, S. 105.

[...] Wo wir trinken, wo wir lieben
Da ist reiche, freie Welt.

Wanderlied, Variante zum 28. August 1826; FA 2, 1066.

Du bist auf immer geborgen,
Das nimmt dir niemand wieder:
Zwey Freunde, ohne Sorgen,
Weinbecher, Büchlein Lieder.

West-östlicher Divan. Buch der Sprüche; FA 3/1, 66.

Der Wein behauptet seine alten Vorrechte, und so steht alles zum besten.

An Marianne von Willemer, 27. September 1827.

[Auf dem Schützenfest der Weimarer Armbrustschützengilde] Goethe war überaus heiter und lud zu einem solennen Diner ein. Eine große Gesellschaft war versammelt, und der edle Wein floß in Strömen. Alle tranken tapfer, aber der alte Goethe am tapfersten. Mit innigem Behagen sah er einen nach dem andern matt werden und kläglich abfallen. Ihm allein konnte der Wein nichts anhaben. Wie ein siegender Feldherr überblickte er das Schlachtfeld und die niedergetrunkenen Reihen.

W. Zahn, Weimar ca. 15. September 1827; GG 6068.

Sitz' ich allein,
Wo kann ich besser seyn?
Meinen Wein
Trink' ich allein,
Niemand setzt mir Schranken,
Ich hab' so meine eigne Gedanken.

West-östlicher Divan. Schenkenbuch; FA 3/1, 104.

Nehmt nur mein Leben hin, in Bausch
Und Bogen, wie ich's führe;
Andre verschlafen ihren Rausch,
Meiner steht auf dem Papiere.

Zahme Xenien IV; Sammlung von 1827; FA 2, 617.

* * *

Als »das höchste Symbol der Abspannung, entgegengesetzt der höchsten Kraftäußerung« (*FA 11, 466*) pries Goethe das Baden, das zu den elementaren Freuden und zum ›seligen Inhalt‹ froher Tage gehörte, wie schon sein Brief aus Emmendingen vom 5. Juni 1775 bekundete. Wie sehr es ihn verlockte, sich dem Element des Wassers in Seen und Flüssen hinzugeben, ist vielfach bezeugt. Hier ein frühes Beispiel:

> Nach einer so angenehmen Wanderung von einigen Tagen, gelangte ich nach Ems, wo ich [1774] einige Male des sanften Bades genoß, und sodann auf einem Kahne den Fluß hinabwärts fuhr.
>
> *Dichtung und Wahrheit III 13; FA 14, 606.*

»Vom Bad erquickt und ruhig«, heißt es in *Iphigenie auf Tauris II 2 (FA I 5, 580)*. Wiederholt kommt Goethe auf das wohlige Körpergefühl beim Baden zu sprechen. Es regt ihn auch zu Vergleichen an:

> [...] eine Art von Bad, ein schwereres Element, in dem man sich bewegt und in dem man sich leichter fühlt, weil man getragen wird.
>
> *An Schiller, Jena, 11. Mai 1802.*

Mit amüsiertem Unterton berichtet *Dichtung und Wahrheit IV 18 (FA 14, 787-815)* vom Nacktbaden mit den Grafen Stolberg und Baron Haugwitz auf der Schweizer Reise von 1775 als von einer der »damaligen Verrücktheiten, die aus dem Begriff entstanden man müsse sich in einen Naturzustand« versetzen. Angespielt ist damit auf die schon bei Schilderung der Leipziger Epoche in *Dichtung und Wahrheit II 8 (FA 14, 360)* erwähnten »Torheiten, in Gefolg von mißverstandenen Anregungen Rousseaus« im Wunsch, »der Natur näher« zu kommen. Wie die meisten jungen Leute damals waren auch die Brüder Stolberg Rousseauschwärmer. Ihr Drang nach »verwirklichter Naturfreiheit« verlockt sie zum Baden »in unbeengten Gewässern«, womit sie die Darmstädter schockieren. In einsameren Gegenden der Schweiz widersteht auch Goethe der Versuchung nicht, im frischen Eiswasser rauschender Gebirgsbäche oder im klaren See zu baden:

In der Schweiz aber, beim Anblick und Feuchtgefühl des rinnenden, laufenden, stürzenden, in der Fläche sich sammelnden, nach und nach zum See sich ausbreitenden Gewässers war der Versuchung nicht zu widerstehen. Ich selbst will nicht leugnen daß ich mich im klaren See zu baden mit meinen Gesellen vereinte und, wie es schien, weit genug von allen menschlichen Blicken. Nackte Körper jedoch leuchten weit, und wer es auch mochte gesehen haben nahm Ärgernis daran. | Die guten harmlosen Jünglinge, welche gar nichts Anstößiges fanden halb nackt wie ein poetischer Schäfer, oder ganz nackt wie eine heidnische Gottheit sich zu sehen, wurden von Freunden erinnert dergleichen zu unterlassen. [...] Sie verließen daher die allzu taghaften Seeufer und fanden auf ihren Spaziergängen durch das Gebirge so klare rauschende erfrischende Gewässer, daß in der Mitte Juni es ihnen unmöglich schien einer solchen Erquickung zu widerstehen. So waren sie auf ihren weitschweifenden Spaziergängen in das düstere Tal gelangt, wo hinter dem Albis die Sill strömend herabschießt um sich unterhalb Zürch in die Limat zu ergießen. Entfernt von aller Wohnung, ja von allem betretenen Fußpfad, fanden sie es hier ganz unverfänglich die Kleider abzuwerfen und sich kühnlich den schäumenden Stromwellen entgegen zu setzen; dies geschah freilich nicht ohne Geschrei, nicht ohne ein wildes teils von der Kühlung teils von dem Behagen aufgeregten Lustjauchzen, wodurch sie diese düster bewaldeten Felsen zur Idyllischen Szene einzuweihen den Begriff hatten. | Allein, ob ihnen frühere Mißwollende nachgeschlichen, oder ob sie sich durch diesen dichterischen Tumult in der Einsamkeit selbst Gegner aufgerufen, ist nicht zu bestimmen. Genug sie mußten aus dem oberen stummen Gebüsch herab Steinwurf auf Steinwurf erfahren, ungewiß ob von wenigen oder mehrern, ob zufällig oder absichtlich, und sie fanden daher für das Klügste das erquickende Element zu verlassen und ihre Kleider zu suchen. | Keiner war getroffen; Überraschung und Verdruß war die geistige Beschädigung die sie erlitten hatten, und sie wußten als lebenslustige Jünglinge die Erinnerung daran leicht abzuschütteln.

Dichtung und Wahrheit IV 19; FA 14, 814 f.

Trotz des ironischen Abstands der Schilderung bleibt das Bild der Freunde im Glanz ihrer Jugend haften und eine Ahnung der Bedeutung dieser kurzen Episoden für den schönheitsdurstigen Dichter. Die novellistischen *Briefe aus der Schweiz. I. Abt.* bestätigen Goethes Begeisterung für körperliche Schönheit (*FA 8, 605*):

Ich veranlaßte Ferdinand zu baden im See; wie herrlich ist mein junger Freund gebildet! welch ein Ebenmaß aller Teile! welche eine Fülle der Form, welch ein Glanz der Jugend, welch ein Gewinn für mich, meine Einbildungskraft mit diesem vollkommenen Muster der menschlichen Natur bereichert zu haben! Nun bevölkre ich Wälder, Wiesen und Höhen mit so schönen Gestalten; ihn seh ich als Adonis dem Eber folgen, ihn als Narciß sich in der Quelle bespiegeln!

Briefe aus der Schweiz I. Abteilung; FA I 8, 605.

Im späteren dichterischen Werk kommt es wiederholt zu Schönheitserlebnissen dieser Art, so im *Faust II, Akt II Vs. 7276 ff.* (*FA 7/1, 294 f.*):

Schon einmal warst du so beglückt.
Gewässer schleichen durch die Frische

Der dichten sanft bewegten Büsche,
Nicht rauschen sie, sie rieseln kaum;
Von allen Seiten hundert Quellen
Vereinen sich, im reinlich hellen
Zum Bade flach vertieften Raum.
Gesunde junge Frauenglieder,
Vom feuchten Spiegel doppelt wieder
Ergötztem Auge zugebracht!
Gesellig dann und fröhlich badend,
Erdreistet schwimmend, furchtsam watend;
Geschrei zuletzt und Wasserschlacht.

Seit der Übersiedlung nach Weimar ist zwar nicht mehr vom Nacktbaden die Rede, doch von regelmäßigen Badefreuden. Meist frühmorgens oder mitten in der Nacht badet Goethe in der Ilm, besonders gern wenn das Wasser eiskalt ist. So erwähnt er gegenüber Charlotte von Stein am 12. Januar 1778:

> Ich habe heute früh schon meine traurigen stockenden Geister im Schnee gebadet ich dencke das soll ihnen frische Sinnen geben.

Goethes Begeisterung für eiskaltes Wasser war notorisch; schon am 3. August 1775 empfahl er Lavater: »Noch einige kalte Bäder und etwas roborantia [Robustheit] du bist ein unverbesserlicher Bruder.« Goethe verführte eine ganze Reihe von Freunden zum Baden im eiskalten Wasser, allen voran Carl August. Die Söhne der Frau von Stein ließ er zur Abhärtung ins winterlich eiskalte Wasser der Ilm tauchen. Außer in Weimar badet Goethe auch in Ilmenau, Tiefurt, Jena und während der Schweizreise von 1779 mit Carl August auch im Genfer See. Die Rhone reizte ihn gleichfalls zum Baden und so auch der Tiber.

Abends ward in der Tiber gebadet, in wohlangelegten sichern Badhäuschen; dann auf Trinità de' Monti spaziert und frische Luft im Mondschein genossen.
Italienische Reise. 2. Römischer Aufenthalt, 1. August 1787; FA 15/1, 409.

Durch sein Beispiel gab Goethe den Anstoß, daß Kaltbaden Mode wurde und Ärzte es ihren Patienten empfahlen. Richtiges Schwimmen erlernte Goethe 1778 im Selbstunterricht, wozu er wegen völliger Neuheit der Sache ein besonderes ›Schwimmwams‹ anfertigen ließ, das aus einer leinenen Weste und Hose mit blauem Band bestand. So ausgerüstet, lehrt er die Söhne Charlotte v. Steins und Peter Lindau, seinen 13jährigen Schützling, das Schwimmen. So kam es, daß er in der Geschichte des Sports auch als »Bahnbrecher« im Schwimmen gilt (Diem S. 251).

Hier seien noch einige Zeugnisse über Goethes Dankbarkeit für Heilbäder angeführt, deren Gebrauch ihm in höheren Jahren immer unentbehrlicher wurde. Schon im *Triumph der Empfindsamkeit* (*FA 5, 88*) heißt es:

Ich hätte wohl Lust, mich in's Bad zu setzen und mich abreiben zu lassen.

Die *Italienische Reise* rühmt (*Neapel, 6. März 1787; FA 15/1, 209*), »wie ein heilsames Bad alle Schmerzen der Anstrengung und alle Müdigkeit hinweg« nimmt. An Badeorten wußte Goethe zugleich die »schwärmenden Freuden eines starck besuchten Bades« zu schätzen, die er bereits am 21. Juni 1765 aus Wiesbaden seiner Schwester Cornelia gegenüber erwähnt. Von solcher erwünschten Abwechslung der Lebensweise ist bei Goethes Badereisen oft die Rede:

[...] Daß deine Freundlichkeit und Gnad'
Allen dreifach gesegnet das Bad [...]
Doch die nach dir am meisten schauen,
Sind gewiß alle schöne Fraun,
Die du, o edler Brunnengast!
Löblich und fein gewartet hast [...]
Von dem heilsamen schönen Ort;
Und wie vom heißen Sprudel=Trieb
Dir niemals was im Leibe blieb,
So laß in deines Herzens Schrein
Die Freunde desto fester sein.

An Herzog Carl August. Abschied im Namen der Engelhäuser Bäuerinnen. Karlsbad, August 1786; FA 1, 275 f.

Wir sind glücklich angekommen und bedienen uns des Bades nach alter Weise. Der Sprudel ist noch immer eben derselbige [...] Mir bekommt das Wasser recht wohl und ich wünschte mich nicht besser zu befinden, wenn es so fortdauern könnte [...] Bis gegenwärtig besagt die Badeliste 542 Personen, die wie vor Alters aus allerley Nationen, aus allen Ständen und Religionen gemischt ihr Heil an den warmen Quellen suchen. Der Neubrunn ist dieses Jahr besonders in der Mode, weil er dem zarteren Geschlecht mehr zusagt.

An Christian Gottlob Voigt, Carlsbad, 12. Juli 1806.

Mein Befinden ist übrigens sehr leidlich, wo nicht gut zu nennen; doch muß man sich einer völligen Tagdieberey hingeben, weil man gar zu geschwind fühlt, daß man zu jeder Art von Thätigkeit untüchtig wird. | Die Lage von Carlsbad ist sehr interessant zwischen den alten Granitfelsen. Aus den nächsten Übergangsgebirgen entspringt das heiße Wasser.

An Zelter, Carlsbad, 14. Juli 1806.

Ich habe ohne Arzney mit Wassertrinken und Baden mich hingehalten und keinen Anfall von Schmerzen gehabt, und wenn ich die Cur noch so weiter fortbrauche; so denke ich, wird es von guten Folgen seyn. Es wird fleißig promenirt und an Gesellschaft fehlt es auch nicht. Die Badeliste steigt auf 650 Personen und ich habe manche Bekanntschaft gemacht.

An Christiane Vulpius, Carlsbad, 21. Juli 1806.

Von den Wirkungen des Bades bin ich sehr wohl zufrieden [...] Künftiges Jahr hoffe ich die Reise mit besserm Zutrauen und besserm Erfolge abermals zu machen. | Unter den vielen dort [Carlsbad] versammelten Menschen habe ich manches interessante Individuum kennen lernen. Möchten wir doch unsre Badeabenteuer bald mündlich austauschen können!

An Friedrich August Wolf, Jena, 24. August 1806.

Es ist höchst nöthig, daß du übers Jahr, wenigstens auf eine Zeit, auch mit hergehst, damit du wenigstens weißt, wovon die Rede ist, weil das ganze Carlsbader Wesen gar nicht beschrieben werden kann. Augusten schmeckt der Melnicker vortrefflich. Es ist so ein Wasserweinchen, das leicht hinunterschleicht und von dem man viel trinken kann. Wir haben ihm den Spaß gemacht, daß eine Harfenfrau, als wir bey Tische saßen, das famose Lied: »Es kann ja nicht immer so bleiben« zu singen anfing, und was dergleichen Späße mehr sind.

An Christiane von Goethe, 23. August 1807.

Das Dampfbad ist auch mit einem Häußchen überbaut, und, gleich neben dem Badebrunnen, noch eine stärkere Quelle [...] die höher gespannt ist, durch eine Röhre abläuft, so daß man die Gefäße bequemer füllen kann.

An Christiane von Goethe, Franzensbrunn, 2. Mai 1812.

Meine Stunde ist Morgens von fünf bis sechs, da ich denn ganz gewiß ein frisches Bad finde, den übrigen ist nicht zu trauen.

An Christiane von Goethe, Teplitz, 1. August 1812.

[...] Bericht wegen des Berkaer Schwefelwassers [...] um täglich in zehen Badewannen hundert und funfzig Bäder besorgen zu können, braucht man 4500 Eimer [...]

An Carl Friedrich von Sachsen-Weimar, 13. November 1812.

Ich habe schon 28 Bäder genommen und werde im Juni so fortfahren.

An Christiane von Goethe, Teplitz, 1. Juni 1813.

Ich habe mich sehr lange nicht so gut befunden, aber freylich auch schon fünf und vierzig mal gebadet.

An Christiane von Goethe, Teplitz, 26. Juni 1813.

Das Bad bekommt mir wohl, ob es gleich angreifischer seyn mag als das Teplizer.

An Christiane von Goethe, Wiesbaden, 7. August 1814.

[...] daß ich nach Wiesbaden gehe, um dort ein paar Wochen Bade=Cur wegzuhaschen. Im vorigem Jahr bekam sie mir außerordentlich gut und ich kam heiter und froh nach Hause.

An Georg Sartorius, 17. Mai 1815.

Ein heilsamer Badeaufenthalt [in Wiesbaden], ländliche Wohnung in bekannter von Jugend auf betretener Gegend, Theilnahme geistreicher, liebender Freunde, gedieh zur Belebung und Steigerung eines glücklichen Zustandes, der sich einem jeden reinfühlenden aus dem Divan darbieten muß.

Tag- und Jahres-Hefte 1815; FA *17, 261.*

Will in Bädern und in Schenken
Heil'ger Hafis dein gedenken.

Hegire Vs. 31 f. West-östlicher Divan.
Buch des Sängers.; FA *3/1, 13.*

Ganz ohne Badeausflug bringe ich mich nicht durch, da unser cimerischer Sommer mehr niederhält als aufrichtet.

An Zelter, Weimar, 8. Juni 1816.

[...] man sollte nur immer ohne grosse Umstände das nächste Bad wählen. Der Geist wird durch neue Gegenstände, der Körper durch Trincken und Baden angeregt [...] Meine Lebensweise ist sehr einfach: ich trincke morgens im Bette, bade den dritten Tag, trincke Abends am Brunnen, speiße Mittags in Gesellschaft ...

An August von Goethe, Marienbad, 29. Juni 1822.

»Die schönen Tage von Aranjuez sind nun vorüber!« so pflegen die Weimaraner zu sagen, wenn sie eine vergangene heitere Zeit zu beklagen Ursache finden. Am 9.

reiste der Großherzog ab, der vieles verband und belebte; die schönsten Ballkleider seh ich einpacken, die Hüte nebenbey, und in wenig Tagen ist die belobte Terrasse zur vollkommnen Wüste geworden. Das war nun also wieder einmal ein Badeleben, wo alles in vier, fünf Wochen vorüber ist [...] In wenig Tagen ist das hiesige Mährchen ausgespielt [...] Ich befinde mich so wohl, als ich wünschen kann.

An Ottilie von Goethe, Marienbad, 14. August 1823.

Nachher ergoß er [Goethe] sich noch in Lob des Badelebens, weil man dort ganz aus sich heraustrete, ganz frei außer sich lebe, was zu Hause niemals vorkomme.

Zu Kanzler Friedrich von Müller,
27. September 1823.

* * *

Wann immer Goethe seinem Drang nach Bewegung im Freien nachgab, fühlte er sich eins mit der Natur: »Im Reich der Natur waltet Bewegung und That«, so beginnt einer seiner Sprüche, und er fährt fort: »Bewegung ist ewig und tritt bey jeder günstigen Bedingung unwiderstehlich in die Erscheinung« (*FA 13, 351*). Goethe war sich des Einklangs mit der Natur bewußt, als er am 31. August 1779 ins Tagebuch schrieb: »Bewegung ist mir ewig nötig.« Daß er durch Wandern zum Naturkundigen wurde, bezeugt das Motto des ersten Bands *Zur Naturwissenschaft überhaupt* von 1817: »Was ich nicht erlernt hab | Das hab ich erwandert« (*WA II 13, 402*). Auf den Zusammenhang von Wandern und Naturerkenntnissen verweist auch das Vorwort (*ebd. 403*): »Jährliche Sommerreisen erneuerten die Neigung zur Geologie.«

Seit seiner Rückkehr aus Straßburg bezeichnete Goethe sich als Wanderer: »Der Wanderer war nun endlich gesünder und froher nach Hause gelangt«, beginnt das 12. Buch von *Dichtung und Wahrheit* (*FA* 14, 548). Wegen seines »Umherschweifens in der Gegend« nannten ihn auch die Freunde »den Wanderer« (*ebd.* 567). Wo immer in Goethes Lyrik ein ›Wanderer‹ auftaucht, deutete der Dichter auf sich selber: So im *Felsweihegesang an Psyche* von 1772 wie im unmittelbar folgenden *Wanderers Sturmlied*; in *Der Wandrer* von 1773 (»Gott segne dich«), *Wandrers Nachtlied* von 1776 (»Der du von dem Himmel bist«), *Wandrers Nachtlied* von 1780 (»Über allen Gipfeln ist Ruh«), *Wandrer und Pächterin* von 1803 und *Wanderers Gemütsruhe* von 1814. Werther empfindet wie sein Autor: »Ja wohl bin ich nur ein Wandrer, ein Waller auf der Erde!« (*FA* 8, 157) Wie stark Goethes Wandertrieb in jungen Jahren war, zeigen die *Briefe aus* der *Schweiz I. Abt.* (*FA* 16, 19):

> Seh' ich eine gezeichnete, eine gemalte Landschaft, so entsteht eine Unruhe in mir, die unaussprechlich ist. Die Fußzehen in meinen Schuhen fangen an zu zucken, als ob sie den Boden ergreifen wollten.

Am intensivsten war Goethes Wandertrieb, als er von Straßburg nach Frankfurt zurückkehrte. Doch weist auch das Weimarer Tagebuch auf erstaunlich viele Fußwanderungen von beträchtlicher Länge hin, von Spaziergängen nach Belevedere und Tiefurt angefangen bis zu Wanderungen nach Kochberg usw. Der besondere Reiz solcher Bewegung in freier Luft lag in der geistig stimulierenden Wirkung:

> Morgens nach Belv[edere] zu Fuß [...] im Gehen viel gedacht. Was ich guts finde in Überlegungen, Gedancken ja so gar Ausdruck kommt mir meist im Gehn. Sitzend bin ich zu nichts aufgelegt. Drum das Dicktiren weiter zu treiben. War sehr vergnügt den ganzen Tag.
> *Tagebuch, 21. März 1780*

Goethes Bewegungsfreude spiegelt sich auch in den Briefen an Charlotte von Stein; z. B. am 1. September 1779 »Wir machen uns viel Bewegung nach der alten und neuen Religion, das ist mit reiten und laufen.« Am 26. März 1780: »Heut ist der erste rechte Frühlings Tag, ich will gleich in die weite Welt laufen, ich habe mit dem Schlaf mich kurirt, und hoffe durch den Lauf noch mehr.« Am 7. und 8. September 1780 aus Ilmenau:

> Meine Wandrung ist glücklich vollendet [...] Wir sind auf die hohen Gipfel gestiegen und in die Tiefen der Erde eingekrochen, und mögten gar zu gern der großen formenden Hand nächste Spuren entdecken. Es komt gewiss noch ein Mensch der darüber klaar sieht. Wir wollen ihm vorarbeiten. Wir haben recht schöne grose Sachen entdeckt, die der Seele einen Schwung geben und sie in der Wahrheit ausweiten [...] O dass doch mein Beruf wäre imer in Bewegung und freyer Luft zu seyn, ich wollte gerne iede Beschweerlichkeit mit nehmen die diese Lebensart auch ausdauern muss.

In Italien spielte das »Wandeln in freier Luft« gleichfalls eine beträchtliche Rolle. Von Rom aus schreibt Goethe an Herder am 13. Januar 1787: »Ich Wandrer raffe auf, was ich kann.« Noch einige Briefzitate:

> Das Wetter ist ganz herrlich [...] Seit vierzehn Tagen bin ich von Morgen bis in die Nacht in Bewegung; was ich noch nicht gesehn, such' ich auf [...] und so spanne ich denn alle Segel eines Geistes auf, um diese Küste zu umschiffen. [...] Darauf suchten wir das Freie und kamen nach einem großen Spaziergange auf St. Onuphrio, wo Tasso in einem Winkel begraben liegt ...
> *Italienische Reise; Rom 16. Februar 1787;*
> *FA 15/1, 183.*

> Ich lief gleich nach erhaltenem Brief ins Weite; denn wie Tristram die horizontale Lage für diejenige hält, in welcher man Freude und Schmerz am besten genießt und trägt; so ist es bei mir das Wandeln in freyer Luft.
> *An Carl August, Rom 25. Januar 1788.*

Wie Goethe im selben Brief weiter bekennt, überließ er sich in Italien »gelassen« den »sinnlichen Eindrücken«, gewöhnte seinen Blick »an die Abgründe des Natur« und fühlte sein Gemüt von den »großen Scenen der Natur [...] ausgeweitet und alle Falten geglättet«.

> Ich könnte schon von einigen anmutigen Spaziergängen erzählen. So viel ist gewiß [...] daß eine dergleichen mäßige Bewegung das Gemüt erfrischt und den Körper in ein köstliches Gleichgewicht bringt.

Nach Italien ist von Fußpromenaden nicht mehr so viel die Rede, doch schreibt Goethe am 25. Mai 1798 an Christiane Vulpius, daß er sich »des Tags viel Bewegung mache und ohnerachtet des übeln Wetters jederzeit ein paar Stunden im Freien« sei. Für das *Nachspiel zu Ifflands Hagestolzen* dichtet er die Verse:

Beruhigung, mit heitern Mienen,
Ist mir in freier Luft erschienen.

Seit Christiane für sein leibliches Wohl sorgte und ihn mit allzu verlockenden Speisen verwöhnte, nahm Goethe zeitweilig so zu, daß die Fußpromenaden allzu beschwerlich wurden und er sich 1799 zur Anschaffung von Wagen und Pferden entschloß. Von nun an genoß er Spazierfahrten und längere Touren in der von zwei Rappstuten gezogenen ›Chaise‹. Das Vergnügen an solchen Kutschfahrten mit dem eigenen Pferdegespann teilte er gern mit Freunden wie Schiller und natürlich mit Familienmitgliedern. Welchen Spaß Goethe am Kutschieren hatte, verrät *Hermann und Dorothea*: Der Held ist ein Pferdenarr. Das erste, was man über ihn hört, sind die Worte des Vaters im 1. Gesang:

> ... Was der Junge doch fährt, und wie er bändigt die Hengste! | Sehr gut nimmt das Kütschchen sich aus, das neue; bequemlich | Säßen viere darin und auf dem Bocke der Kutscher. | Diesmal fuhr er allein; wie rollt' es leicht um die Ecke.

Hermanns Heimkehr in der Kutsche nach seiner Begegnung mit Dorothea beendet den 1. Gesang:

> Man hörte der stampfenden Pferde | Fernes Getöse sich nahn, man hörte den rollenden Wagen, | Der mit gewaltiger Eile nun donnert' unter den Torweg.

Auf der Suche nach Hermannn geht die Mutter im 4. Gesang zuerst zum Pferdestall:

so ging sie, im Stalle zu schauen, | Ob er die herrlichen Pferde, die Hengste, selber besorgte, | Die er als Fohlen gekauft und die er niemand vertraute.

Als Experte zeigt sich Goethe besonders im 5. Gesang:

Hermann eilte zum Stalle sogleich, wo die mutigen Hengste | Ruhig standen und rasch den reinen Hafer verzehrten | Und das tockene Heu, auf der besten Wiese gehauen, | Eilig legt' er ihnen darauf das blanke Gebiß an, | Zog die Riemen sogleich durch die schön versilberten Schnallen | Und befestigte dann die langen, breiteren Zügel, | Führte die Pferde heraus in den Hof, wo der willige Knecht schon | Vorgeschoben die Kutsche, sie leicht an der Deichsel bewegend. | Abgemessen knüpften sie drauf an die Wage mit saubern | Stricken die rasche Kraft der leicht hinziehenden Pferde. | Hermann faßte die Peitsche; dann saß er und rollt' in den Torweg. | Als die Freunde nun gleich die geräumigen Plätze genommen | Rollte der Wagen eilig und ließ das Pflaster zurücke, | Ließ zurück die Mauern der Stadt und die reinlichen Türme. | So fuhr Hermann dahin der wohlbekannten Chaussee zu, | Rasch, und säumete nicht und fuhr bergan wie bergunter ...

Goethes Begeisterung fürs Reisen in der eigenen Kutsche kommt besonders hübsch zumAusdruck, als er im Sommer 1814 seine große Reise in die Rhein-, Main- und Neckargegenden antritt und von Hanau aus am 28. Juli 1814 an Christiane schreibt:

Zuvörderst also muß ich die charmante Person loben, welche mich das Fahrhäuschen zu betreten bewog, bei der großen Hitze, dem Staub und dergleichen wäre ich sonst vergangen.

Sein Entzücken über dies »Fahrhäuschen« stimulierte Goethe am 26. Juli 1814 während der Fahrt von Eisenach nach Fulda zu dem Gedicht *Der neue Copernicus* (FA 2, 478):

Artges Häuschen hab ich klein,
Und, darin verstecket,
Bin ich vor der Sonne Schein
Gar bequem bedecket.

Denn da gibt es Schalterlein,
Federchen und Lädchen,
Finde mich so wohl allein
Als mit hübschen Mädchen.

Denn, o Wunder! mir zur Lust
Regen sich die Wälder,
Näher kommen meiner Brust
Die entfernten Felder.

Und so tanzen auch vorbei
Die bewachs'nen Berge,
Fehlet nur das Lustgeschrei
Aufgeregter Zwerge.

Doch so gänzlich still und stumm
Rennt es mir vorüber
Meistens grad und oft auch krumm
Und so ist mir's lieber.

Wenn ich's recht betrachten will
Und es ernst gewahre,
Steht vielleicht das alles still
Und ich selber fahre.

Lyrisches. Die Sammlung von 1827; FA I 2, 478f.

Wer sich als Mittsechziger trotz Hitze und Staub beim Fahren durch die Landschaft so verzaubern läßt, verdient gewiß auch als Reisender die Bezeichnung Lebenskünstler!

Übrigens schaffte Goethe, kurz nachdem er Pferde und Kutsche erworben hatte, einen für Winterfahrten oft und gern benutzten zweizügigen Pferdeschlitten an. Trotz der Pferde spielten Fußpromenaden weiterhin in Goethes Leben eine beträchtliche Rolle. Mit dem heranwachsenden August ging er oft spazieren, besonders in Jena, dessen Umgebung er noch Eckermann gegenüber wegen seiner vielerlei Spaziergehmöglichkeiten am 11. Juni 1823 pries:

> überdies ist die Gegend so mannigfaltig, daß Sie wohl fünfzig verschiedene Spaziergänge machen können, die alle angenehm und fast alle zu ungestörtem Nachdenken geeignet sind.

Badeorte wie Carlsbad, Teplitz, Marienbad, Wiesbaden, Pyrmont, Tennstädt und Berka an der Ilm belebten Goethes Freude an Fußwanderungen. »Jetzt machen wir weite Fußpromenaden von mehreren Stunden, kommen sehr müde nach Hause, befinden uns aber sehr wohl dabei«, schreibt er am 13. Mai 1812 seiner Frau aus Carlsbad. Daß er »verschiedene Landpartien« unternehme, um sich »für den Winter zu stärken und vorzubereiten«, berichtet er seinem Schwager Schlosser am 5. September 1813 aus Weimar. Spaziergänge mit dem Sohn, später der Schwiegertochter und deren Schwester Ulrike und schließlich mit den Enkelkindern verzeichnet das Tagebuch immer wieder. Doch wurden lange Spaziergänge auch mit Freunden wie dem Herzog Carl August, Knebel, Riemer, Meyer, Coudray, Wilhelm v. Humboldt, Eckermann unternommen. Gern verband Goethe das Angenehme mit dem Nützlichen: statt Gespräche in geschlossenen Räumen zu führen, genoß man lieber die Natur miteinander und verschaffte zugleich dem Körper gesunde, wohltuende Bewegung.

* * *

Zu den größten Bewegungsfreuden gehörte für Goethe das Reiten, obwohl die Frankfurter Anfänge keineswegs vielversprechend waren, denn *Dichtung und Wahrheit I 4* (*FA 14, 162 f.*) zufolge verbrachte der 15- bis 16jährige »die allerverdrießlichsten Stunden« bei dem, was »eigentlich das lustigste von der Welt sein sollte«. Als »sehr ungeschickten Reuter« bezeichnet er sich noch in Leipzig, als er Behrisch am 2. November 1767 von einem bösen Sturz berichtet. Doch in Straßburg fühlt er sich bereits als »Ritter«, der »alle abzumüßigenden Tage und Stunden zu Pferde und in freier Luft« zubringt (*Dichtung und Wahrheit II 10; FA 14, 468*). Einem der fast sechsstündigen Ritte zur Sesenheimer Geliebten, den *Dichtung und Wahrheit III 11* (*FA 14, 494 f.*) schildert, ist das temperamentvolle Gedicht »Es schlug mein Herz, geschwind zu Pferde | Und fort! wild wie ein Held zur Schlacht …« zu verdanken. (*Willkommen und Abschied; FA 1, 128*). Kein Wunder, daß der sich als »junger Ritter« empfand, da er um der Geliebten willen solche langen abenteuerlichen Ritte unternahm. Damals gewöhnte Goethe sich, »leidenschaftlich und verwegen zu reiten«, ja »Tage und Wochen lang kaum vom Pferde« zu kommen. Nach einem der Besuche in Sesenheim dichtete er im Februar oder März 1771 die selbstironischen Verse (*FA 1,131*):

Nun sitzt der Ritter an dem Ort,
Den ihr ihm nanntet, liebe Kinder;

Sein Pferd ging ziemlich langsam fort,
Und seine Seele nicht geschwinder.
Da sitz' ich nun vergnügt bei Tisch,
Und endige mein Abenteuer
Mit einem Paar gesottner Eier
Und einem Stück gebacknem Fisch.
Die Nacht war wahrlich ziemlich düster,
Mein Falber stolperte wie blind;
Und doch fand ich den Weg so gut als ihn der Küster
Des Sonntags früh zur Kirche findt.

Zu seiner tiefen Beglückung fühlt Goethe sich durch solche langen Ritte der Natur immer näher. Das geht aus mehreren Briefen, so schon aus dem *Saarbrück 27. Juni 1770* datierten an Katharina Fabricius hervor:

> Gestern waren wir den ganzen Tag geritten, die Nacht kam herbey und wir kamen eben aufs Lothringische Gebürg, da die Saar im lieblichen Thale unten vorbey fließt. Wie ich so rechter Hand über die grüne Tiefe hinaussah und der Fluß in der Dämmerung so graulich und still floß, und lincker Hand die schweere Finsterniß des Buchenwaldes vom Berg über mich herabhing, wie um die dunckeln Felsen durchs Gebüsch die leuchtenden Vögelgen still und geheimnißvoll zogen; da wurds in meinem Herzen so still wie in der Gegend und die ganze Beschwerlichkeit des Tags war vergessen wie ein Traum, man braucht Anstrengung um ihn im Gedächtniß aufzusuchen.

Zu Pferde gings nach dem Abschluß des Studiums von Straßburg ins heimatliche Frankfurt zurück. Der Abschiedsgruß an J. D. Salzmann vom August 1771 endet mit den Worten: »Morgen um 7 Uhr ist das Pferd gesattelt und dann Adieu!« Viel zu reiten half Goethe auch 1772 in Frankfurt, als »der Schmerz über Friedrikens Lage« ihn quälte, wie *Dichtung und Wahrheit III 12* berichtet (*FA 14, 568*):

> Wie man aber Verletzungen und Krankheiten in der Jugend rasch überwindet, weil ein gesundes System des organischen Lebens für ein krankes einstehen und ihm Zeit lassen kann auch wieder zu gesunden, so traten körperliche Übungen glücklicher Weise, bei mancher günstigen Gelegenheit, gar vorteilhaft hervor, und ich war zu frischem Ermannen, zu neuen Lebensfreuden und Genüssen vielfältig aufgeregt. Das Reiten verdrängte nach und nach jene schlendernden, melancholischen, beschwerlichen und doch langsamen und zwecklosen Fußwanderungen; man kam schneller, lustiger und bequemer zum Zweck.

Eine Spiegelung seiner damaligen ruhelosen Reiterei, als ihn Gewissensnöte quälten, enthalten die Verse:

> [...] Er gab die Sporen kreuz und quer
> Und ritt auf alle Seiten,
> Herüber, 'nüber, hin und her,
> Kann keine Ruh' erreiten;
> Reit't sieben Tag und sieben Nacht:
> Es blitzt und donnert, stürmt und kracht,
> Die Fluten reißen über.
>
> Und reit im Blitz und Wetterschein
> Gemäuerwerk entgegen;

> Bind's Pferd hauß an und kriecht hinein,
> Und duckt sich vor dem Regen [...]
> *Claudine von Villa Bella/Crugantino; FA 4, 616.*

Durch sein vieles Reiten wurde Goethe mit Pferden bis zu einem Grade vertraut, daß er sich wiederholt mit ihnen identifizierte. Werther verdeutlicht seinen Seelenzustand durch einen Pferdevergleich (*FA 8, 146*):

> Man erzählt von einer edlen Art Pferde, die, wenn sie schröklich erhizt und aufgejagt sind, sich selbst aus Instinkt eine Ader aufbeissen, um sich zum Athem zu helfen. So ist mir's oft, ich möchte mir eine Ader öffnen, die mir die ewige Freyheit schaffte.

Werthers Zweifel, ob er sich, dem Wunsch seiner Freunde entsprechend, um eine Stelle bei der Gesandtschaft bewerben soll, drückt er auch durch einen Pferdvergleich aus. (*FA 8, 110*): »hernach, wenn ich so wieder dran denke, und mir die Fabel vom Pferde einfällt, das seiner Freyheit ungedultig, sich Sattel und Zeug auflegen läßt, und zu Schanden geritten wird. Ich weis nicht, was ich soll –« Hier identifiziert sich Werther mit dem in Freiheit lebenden Pferd der Äsopschen Fabel, das sich unbedacht Zaumzeug und Zügel anlegen läßt und danach auf immer dienstbar bleibt. Als Goethe *Die Leiden des jungen Werthers* schrieb, befand er sich mitten in einer bis zur Übersiedlung nach Weimar währenden Lebenskrise. Sein einsames, rastloses Wandern und Reiten von Frankfurt nach Homburg, Darmstadt etc. hing ja doch vor allem mit der quälenden Ungewißheit über eine der Vielfalt seiner Begabungen entsprechende Existenzform zusammen. Zwar bot die Frankfurter Advokatur bürgerliche Sicherheit, doch als befriedigende Wirkungsstätte konnte Goethe seine Vaterstadt nicht ansehen. Innerlich rebellierte er wie Crugantino in *Claudine von Villa Bella* (FA 4, 631):

> Wißt Ihr die Bedürfnisse eines jungen Herzens, wie meins ist? Ein junger toller Kopf? Wo habt Ihr einen Schauplaz des Lebens für mich? Eure bürgerliche Gesellschaft ist mir unerträglich! Will ich arbeiten, muß ich Knecht sein; will ich mich lustig machen, muß ich Knecht sein. Muß nicht einer, der halbwegs was werth ist, lieber in die weite Welt gehn?

Goethes Aversion gegen einengende Bindungen auf Lebenszeit spiegelt sich in beruflicher Hinsicht ebenso wie in seiner Ehescheu. Als sich der Weg nach Weimar auftut, drückt Goethe wiederum im Pferdegleichnis sein neues Lebensgefühl aus. *Dichtung und Wahrheit* endet mit dem Bild des Wagenlenkers aus *Egmont* (FA 14, 852):

> Wie von unsichtbaren Geistern gepeitscht gehen die Sonnenpferde der Zeit mit unsers Schicksals leichtem Wagen durch, und uns bleibt nichts, als mutig gefaßt, die Zügel festzuhalten, und bald rechts, bald links, vom Steine hier, vom Sturze da die Räder abzulenken. Wohin es geht, wer weiß es? Erinnert er sich doch kaum, woher er kam.

Die Vorstellung des vier Pferde zugleich zügelnden Wagenlenkers antiker Zeiten war Goethe, seit er Pindar gelesen hatte, Inbegriff höchster Meisterschaft. Im Juli 1772 schrieb er an Herder:

> Wenn du kühn im Wagen stehst, und vier neue Pferde wild unordentlich sich an deinen Zügeln bäumen, du ihre

> Kraft lenkst, den austretenden herbei, den aufbäumenden hinabpeitschest, und jagst und lenkst, und wendest, peitschest, hältst, und wieder ausjagst, bis alle sechzehn Füße in einem Takt ans Ziel tragen – das ist Meisterschaft [...]

So sein eigenes Leben zu meistern, mutig gefaßt seines Schicksals Wagen zu lenken war Goethes Vorsatz und – Vollbringen. Dazu gehörte als zunächst schwerster Entschluß die Lösung von Lili Schönemann. Wie sehr Goethe ihr ideales Bild zeitlebens bewahrte, läßt sich auch daran erkennen, daß der unvergeßliche Eindruck, den sie als Reiterin auf ihn machte, immer wieder in seiner Dichtung auftaucht. »Gestern waren wir ausgeritten. Lili, d'Orville und ich. Du solltest den Engel im Reitkleide zu Pferde sehn«, schrieb Goethe am 4. August 1775 an Lavater. Jenen ›Engel im Reitkleid‹ beschwört Goethe in Wilhelm Meisters Vision seiner künftigen Braut Natalie. Bei der ersten Begegnung mit ihr erscheint sie auf einem Schimmel reitend vor dem verwundeten Wilhelm, und es kommt ihm vor, als sei »ihr Haupt mit Strahlen umgeben« (*Wilhelm Meisters Lehrjahre IV 6; FA 9, 590*). Durch den ganzen Roman hindurch begleitet den Helden die Traumvorstellung der »liebenswürdigen Amazone«. Ein ähnlich zauberhaftes auf einem Schimmel reitendes junges Mädchen ist die Heldin von *Claudine von Villa Bella*; auch an Eugenie in der *Natürlichen Tochter* und an die Reiterinnen in der *Novelle* und den *Wahlverwandtschaften* ist zu denken, ohne daß hier behauptet werden soll, daß Goethe in allen diesen Fällen das Bild seiner ehemaligen Verlobten vorschwebte.
Die denkbar größte Rolle spielte das Reiterleben in der Frühweimarer Epoche. Ganz aus der Stimmung jener Jahre klingt der Ausruf: »Es heißt zu Pferde, und zu Tische! Bei-

des eine schöne Einladung. Kommt!« (*Triumph der Empfindsamkeit;* FA 5, 79): Wilde Ritte gehörten zu den gemeinsamen Freuden mit Carl August, was Goethe noch im Gespräch mit Eckermann vom 23. Oktober 1828 erwähnt, wo er von dem Herzog sagt:

> Er war damals sehr jung [...] wir waren oft sehr nahe am Halsbrechen. Auf Parforce-Pferden über Hecken, Gräben und durch Flüsse, und bergauf bergein sich tagelang abarbeiten, und dann nachts unter freiem Himmel kampieren, etwa bei einem Feuer im Walde: das war nach seinem Sinne.

Viel vom Geist dieser Epoche klingt aus Egmonts:

> Daß ich fröhlich bin, die Sachen leicht nehme, rasch lebe, das ist mein Glück [...] Soll ich den gegenwärtigen Augenblick nicht genießen, damit ich des folgenden gewiß sei? Und diesen wieder mit Sorgen und Grillen verzehren?

An die Frühweimarer Zeit erinnert auch, was im *Egmont* über die Pferdeliebe des Helden und seine Begeisterung für junge wilde Pferde verlautet:

> Den ganzen Tag von einem Pferd aufs andre, lädt Gäste, ist immer lustig und unterhaltend bei Tafel [...] er hatte ein rohes Pferd das ich ihm loben mußte. Laßt uns eilen Pferde zuzureiten, wir werden sie bald brauchen! rief er mir entgegen.
>
> *Egmont IV. Aufzug/Silva/Sohn/Alba;* FA 5, 518 *ff.*

> [...] dem edlen Pferde das du reiten willst, mußt du seine Gedanken ablernen, du mußt nichts unkluges nichts unklug von ihm verlangen.
>
> *Egmont IV. Aufzug/Egmont; FA 5, 526.*

Alle solche Aussprüche stammen aus Reitererfahrung. Von vornherein veranlaßte Goethe Carl August zu langen Ritten in entferntere Gegenden Thüringens, die dieser als Landesherr auch um der Bevölkerung willen kennen lernen solllte; z.B. schrieb er ihm zur Aufmunterung am 25. Dezember 1775:

> Nach Bürgel geritten! Das Amtshaus ist schön. Wäre wohl einmal ein Sommerritt für Ihro Durchlaucht. Und das Revier Waldeck ist recht schön. Die Waldungen in gutem Stand, daß es wohl Freude ist.

Wie glücklich ihn selber das gemeinsame Reiten mit dem Herzog machte, zeigt ein Brief an Charlotte von Stein aus Erfurt vom 5. Mai 1780: »Wir sind im Lande herumgeritten, haben [...] an Leib und Seele Bewegung gehabt.« Doch auch wenn irgendwo in der Nähe Weimars Feuer ausbrachen; schwang Goethe sich sofort aufs Pferd und galoppierte eiligst zur Brandstätte, um beim Löschen zu helfen, was schon im ersten Jahr nicht weniger als viermal passierte.

In den ersten Jahren begleitete Goethe Carl August auch auf Jagden, obwohl er dessen Jagdleidenschaft nicht teilte. »Der Herzog geht auf Hirsche, ich auf Landschaften aus und selbst zur Jagd führ ich mein Portefeuille mit«, berichtet er Merck am 24. Juli 1776. Während der Herzog »seine Existenz im Hezen und Jagen« hat, wie es in einem Brief an Knebel vom 21. November 1782 heißt, mag Goethe lieber zeichnen oder naturkundliche Studien treiben. Mit Bezug auf mikroskopische Untersuchungen schreibt er an Carl August am 7. April 1786: »Auerhähne und Schnepfen und die Begattung dieses wilden Geflügels werde ich diesmal weder zu hören noch zu sehen kriegen, es scheint als wenn mir nur die Jagd der Infusionsthiere beschieden wäre.« Im November 1777 trennte Goethe sich im Eisenachischen von der herzoglichen Jagdpartie, die »Auf der Fährte des Wilds | Mit jugendlichem Übermut | Fröhlicher Mordsucht« (!) nachging, wie es in der *Harzreise im Winter* (*FA* 2, 289) heißt. Er selber unternahm vom 29. November bis 19. Dezember 1777 allein zu Pferde eine geheimnisvolle Reise, um incognito einen jungen Melancholiker in Wernigerode aufzusuchen. Gewohnt, jungen Männern seines Alters »in Herzens- und Geistesnöten beizustehen«, hoffte er, auch diesen »aus seinem schmerzlichen, selbstquälerischen, düstern Seelenzustande nur durch Naturbeschauung und herzliche Teilnahme an der äußern Welt« zu »retten und befreien«. Erst Jahrzehnte später gab Goethe von dieser Unternehmung Rechenschaft in der *Campagne in Frankreich*. Dort bezeichnet er als das beste »Heilmittel«, das er an sich und andern »schon glücklich erprobt« habe: »eine rasche gläubige Wendung gegen die Natur und ihre grenzenlose Mannigfaltigkeit« (*FA 16*, 532-542):

> Schon die allgemeinste Bekanntschaft mit der Natur, gleichviel von welcher Seite, ein tätiges Eingreifen, sei es als Gärtner oder Landbebauer, als Jäger oder Bergmann, ziehe uns von uns selbst ab; die Richtung geistiger Kräfte auf wirkliche, wahrhafte Erscheinungen gebe nach und nach das größte Behagen, Klarheit und Belehrung [...] Damit ich mich nun aber nicht ins Allgemeine verlöre, erzählte ich wie mir sogar diese notgedrungene Winter-

reise, anstatt beschwerlich zu sein, dauernden Genuß gewährt; ich schilderte ihm, mit malerischer Poesie und doch so unmittelbar und natürlich als ich nur konnte, den Vorschritt meiner Reise, jenen morgendlichen Schneehimmel über den Bergen, die mannigfaltigsten Tageserscheinungen, dann bot ich seiner Einbildungskraft die wunderlichen Turm- und Mauerbefestigungen von Nordhausen, gesehen bei hereinbrechender Abenddämmerung, ferner die nächtlich rauschenden, von des Boten Laterne zwischen Bergschluchten flüchtig erleuchtet blinkenden Gewässer [...]

Schon während der Harzreise bekundete Goethe sein Wohlbehagen beim Reiten in die Ferne in einem Brief an Charlotte von Stein vom 2. Dezember 1777: »Gar hübsch ists, auf seinem Pferde mit dem Mantelsäckchen wie auf einem Schiffe herumzukreuzen.« Ihn beglückte es, durch solche langen Ritte von Geologie und Botanik immer mehr zu begreifen, wie u.a. aus einem Brief an Charlotte von Stein vom 12. April 1782 aus Meiningen hervorgeht:

Es ist ein erhabnes, wundervolles Schauspiel wenn ich nun über Berge und Felder reite, da mir die Entstehung und Bildung der Oberfläche unsrer Erde und die Nahrung welche Menschen draus ziehen zu gleicher Zeit deutlich und anschaulich wird.

Seine Freude an solchen langen Ritten ließ er sich durch die Mühsal nicht beeinträchtigen, wie sein Brief an Knebel vom 17. April 1782 aus Ilmenau bekundet:

Seit Charfreitags habe ich einen weiten, und oft beschwerlichen Weg über Gotha, Eisenach, Creutzburg,

> Gerstungen, Tiefenort, Brachfeld, Kaltennordheim, Ostheim, Meiningen und über den Thüringer Wald hierher gemacht, und viel gesehn und erfahren, was mir Freude macht. Du erinnerst dich noch, mit welcher Sorgfalt und Leidenschaft ich die Gebirge durchstrich und ich die Abwechslungen der Landsarten zu erkennen mir angelegen sein ließ.

Solche Freude beim Reiten in der freien Natur erlebte Goethe bis in sein siebentes Jahrzehnt hinein. Pferde waren für Goethe mehr als bloße Fortbewegungsmittel. Das zeigte sich auch während seiner längeren Reisen. Die *Italienische Reise* enthält einen köstlichen Bericht des Malerfreunds Tischbein über einen Schimmelhengst, den dieser in den Pontinischen Sümpfen gesehen hatte. Pferdeliebhaber, fügte Goethe seinen Memoiren diese Schilderung ein – vielleicht auch um im Bild des Pferdes ein jugendliches, der Fesseln entbundenes Daseinsglück zu preisen, wie er es in Italien nochmals empfinden durfte (*FA 15/1, 380*):

> Es war ein schneeweißes schönes Pferd von prächtiger Gestalt; er zerriß die Zügel womit er angebunden war, hackte mit den Vorderfüßen nach dem der ihn aufhalten wollte, schlug hinten aus und machte ein solches Geschrei mit Wiehern, daß alles, aus Furcht, bei Seite trat. Nun sprang er über'n Graben und galoppierte über das Feld, beständig schnaubend und wiehernd. Schweif und Mähnen flatterten hoch in die Luft auf, und seine Gestalt in freier Bewegung war so schön, daß alles ausrief o che bellezze! che bellezze! dann lief er nah an einem andern Graben hin und wider und suchte eine schmale Stelle um überzuspringen und zu den Fohlen und Stuten zu kommen, deren viele hundert jenseits weideten. Endlich ge-

lang es ihm hinüberzuspringen, und nun setzte er unter die Stuten die ruhig graseten. Die erschraken vor seiner Wildheit und seinem Geschrei, liefen in langer Reihe und flohen über das flache Feld vor ihm hin; er aber immer hinterdrein, indem er aufzuspringen versuchte. | Endlich trieb er eine Stute abseits; die eilte nun auf ein ander Feld zu einer andern zahlreichen Versammlung von Stuten. Auch diese von Schrecken ergriffen, schlugen hinüber zu dem ersten Haufen. Nun war das Feld schwarz von Pferden, wo der weiße Hengst immer drunter herumsprang, alles in Schrecken und Wildheit. Die Herde lief in langen Reihen auf dem Felde hin und her, es saus'te die Luft und donnerte die Erde, wo die Kraft der schweren Pferde überhinflog. Wir sahen lange mit Vergnügen zu, wie der Trupp von so vielen Hunderten auf dem Feld herumgaloppierte, bald in einem Klump, bald geteilt, jetzt zerstreut einzeln umherlaufend, bald in langen Reihen über den Boden hinrennend. | Endlich beraubte uns die Dunkelheit der einbrechenden Nacht dieses einzigen Schauspiels …

1792 nahm Goethe nur widerwillig auf ausdrücklichen Wunsch des kriegslustigen Carl August am Ersten Koalitionskrieg teil. Wie er eigentlich über jenen leichtfertig begonnenen, nichts als Unheil stiftenden Feldzug dachte, konnte er in der *Campagne in Frankreich* und *Belagerung von Mainz* nicht direkt ausdrücken, sondern nur andeuten. Als Mittel für indirekte Aussagen dienten ihm u.a. Erlebnisse mit Pferden, die ahnen lassen, was er selber empfand. So erscheint es als böses Omen, wenn er gleich zu Beginn des Feldzugs beim Zusammentreffen mit dem Herzogl. Weimarischen Regiment in Longwy erfährt (*FA 16, 393*): »Des Fürsten Leibpferd, der Amaranth, war gestern nach einem gräßlichen Schrei niedergestürzt und tot geblieben.« Auf ähnlich indirekte Weise drückt Goethe auch sein Grauen über die allgemeine Verrohung aus, als beim Rückzug aus »Selbsterhaltung«, die »kein Mitleiden, keine Rücksicht mehr« kennt; über ein gefallenes Pferd einfach hinweg gefahren wird: »Und ich sah ganz deutlich, wie dessen Gebeine unter den Rädern knirschten und schlotterten.« Goethe litt tief an dem Unglück der unschuldigen Opfer, der einfachen Leute, der »guten Menschen«, besonders der von dem »Geschmeiß« requirierender (preußisch-österreichischer) Soldaten ausgeplünderten französischen Zivilbevölkerung. Er versuchte zu helfen, Grausamkeiten zu verhindern, Plünderungen Einhalt zu gebieten und immer wieder, wenn irgend möglich, unter den Leidenden und Deprimierten in seiner Umgebung Frohsinn zu verbreiten. Vielem Widerwärtigen vermochte er eine positive Seite abzugewinnen; selbst dem verschimmelten Brot, das Gelegenheit zum Studium verschiedener Arten von Schimmelpilzen bot. Noch in dem »schrecklichsten Kriegszustand« gelang es ihm, sich seelisch über Wasser zu halten durch Naturbeobachtung, vor allem Farbphänomene, Refraktionserscheinungen usw., zu denen der Feldzug Gelegenheit gab. Obwohl »der fürchterlich dröhnende Klang abgefeuerter Haubitzen« seinem »friedlichen Ohr unerträglich« fiel, unternahm er aus Wissensdrang ganz allein einen »wunderlichen Ritt in's Kanonenfeuer« (*FA 16, 525*). Hierüber berichtet er (*ebd. 434*):

> Ich hatte soviel vom Kanonenfieber gehört und wünschte zu wissen wie es eigentlich damit beschaffen sei [...] Ganz allein, mir selbstgelassen, ritt ich links auf den Höhen weg [...] wo die Kugeln herüber spielten; der Ton ist wundersam genug, als wär' er zusammengesetzt aus

dem Brummen des Kreisels, dem Butteln des Wassers und dem Pfeifen eines Vogels. [...] Unter diesen Umständen konnt' ich jedoch bald bemerken daß etwas Ungewöhnliches in mir vorgehe. [...] Es schien als wäre man an einem sehr heißen Orte, und zugleich von derselben Hitze völlig durchdrungen, so daß man sich mit demselben Element, in welchem man sich befindet, vollkommen gleich fühlt. [...] Von Bewegung des Blutes habe ich nichts bemerken können, sondern mir schien vielmehr alles in jener Glut verschlungen zu sein. Hieraus erhellet nun in welchem Sinne man diesen Zustand ein Fieber nennen könne. Bemerkenswert bleibt es indessen, daß jenes gräßlich Bängliche nur durch die Ohren zu uns gebracht wird, denn der Kanonen Donner, das Heulen, Pfeifen, Schmettern der Kugeln durch die Luft ist doch eigentlich Ursache an diesen Empfindungen. | Als ich zurückgeritten und völlig in Sicherheit war, fand ich bemerkenswert daß alle jene Glut sogleich erloschen und nicht das Mindeste von einer fieberhaften Bewegung übrig geblieben sei.

Während des Feldzugs, der »in Schutt und Trümmer« legte, »was Jahrhunderten aufzubauen gelang«, sehnte Goethe sich zurück nach dem häuslichen Glück, das ihm im Zusammenleben mit Christiane Vulpius beschieden war. Und so schließt die *Campagne in Frankreich* mit dem Preis der idyllischen Häuslichkeit:

Hier sind wir denn vorerst ganz still zu Haus,
Von Tür' zu Türe sieht es lieblich aus;
Der Künstler froh die stillen Blicke hegt
Wo Leben sich zum Leben freundlich regt.
Und wie wir auch durch ferne Lande ziehn,

Da kommt es her, da kehrt es wieder hin;
Wir wenden uns, wie auch die Welt entzücke,
Der Enge zu, die uns allein beglücke.

Dies friedlich idyllische Glück empfand Goethe besonders in seinem bescheidenen Gartenhaus (*FA 2, 526*):

Übermütig sieht's nicht aus
Dieses kleine Gartenhaus,
Allen die sich drin genährt
Ward ein guter Mut beschert.

Nach der Rückkehr aus dem Feldzug sorgte Goethe dafür, daß seine geliebte Christiane auch reiten lernte. Von Jena aus schrieb er ihr am 6. September 1793: »sorge für deine Reitequipage, und was dazu gehört, denn da wir die Reitbahn im Hause haben und der [Jenaer] Stallmeister [Seidler] auf jede Art gefällig ist, so wäre es unverantwortlich, wenn ich dir den Spaß nicht machen sollte«. Ob beide oft miteinander ausgeritten sind, ist nicht überliefert, nur soviel, daß Christiane sich am 15. November 1798 für ein neues Reitkleid bedankte und ihm am 13. Juni 1803 aus Bad Lauchstädt schrieb, sie habe gleich nach Eintreffen ihr Reitkleid angelegt.

In der Epoche der Freundschaft mit Schiller ritt Goethe, solange der Freund in Jena wohnte, oft zu ihm herüber. Kurz vor Schillers Tod, als Goethe selber an Nierenbeschwerden litt, schrieb er dem Freund (25. April 1805), es gehe ihm gut, solang er »täglich reite. Bei einer Pause aber meldet sich manche Unbequemlichkeit.« Das Gefühl, im Sattel zu Hause zu sein, verließ Goethe nie. Darum heißt es gleichnisweise im Gedicht *Kläffer* (*FA 2, 376*): »Und seines Bellens lauter Schall | Beweist nur, daß wir reiten.« Oder in

Sprichwörtlich (*FA* 2, 392): »Nein, heut ist mir das Glück erbost | Du sattle fest und reite getrost.« Am 28. August 1813, seinem 64. Geburtstag, berichtete Goethe Charlotte von Stein über einen Ritt von Weimar nach Ilmenau: »Gestern war ich sechs Stunden zu Pferde, welches mir sehr wohl bekam.« Im nächsten oder übernächsten Jahr entstand ein Vierzeiler, mit dem Goethe, der inzwischen nicht mehr ritt, noch einmal das stolze Daseinsgefühl des ›froh in alle Ferne‹ Reitenden pries (*Freysinn. West-östlicher Divan*; *FA* 3/1, 14):

> Laßt mich nur auf meinem Sattel gelten!
> Bleibt in euren Hütten, euren Zelten!
> Und ich reite froh in alle Ferne
> Über meiner Mütze nur die Sterne.

Voller Enthusiasmus preist in der *Novelle* der Vater des flötespielenden Kindes »den Ruhm des Herrn« für die Erschaffung des Pferdes (*FA* 8, 550):

> denn der Herr hat das Roß zum Gesellen des Windes gemacht und zum Gefährten des Sturms, daß es den Mann dahin trage wohin er will und die Frau wohin sie begehrt.

Sein eigenes Reiterglück drückte Goethe nochmals aus bei der Betrachtung eines Zentaurenbildes seines »Pferd- und Menschenkundigen« Freundes Wilhelm Tischbein (*Tischbeins Idyllen VIII; WA I* 49/1, 319):

> Wie der Mensch sich körperlich niemals freier, erhabener, begünstigter fühlt als zu Pferde, wo er, ein verständiger Reiter, die mächtigen Glieder eines so herrlichen

> Tieres, eben als wären es die eigenen, seinem Willen unterwirft und so über die Erde hin als höheres Wesen zu wallen vermag [...].

* * *

Da Goethe »die edle Reit- und Fechtkunst« gern im selben Atem nennt, sei im Anschluß ans Reiten auch das Fechten erwähnt. Aus *Dichtung und Wahrheit I 4* (*FA 14, 161 f.*) würde man nie vermuten, daß Goethe sich in Weimar als bester Fechter hervortun sollte, denn in der Selbstbiographie erscheint er ebensowenig wie beim Reiten als glorioser Anfänger in dieser Kunst. Doch der ausführlichen Schilderung eines Wettkampfs zwischen dem französischen und dem deutschen Fechtmeister merkt man Goethes Interesse an solchen Wettkämpfen an, zu deren Besuch auch das Universitätsleben in Leipzig und Straßburg Gelegenheit bot. In der Tat spielte er noch ein halbes Jahrhundert später auf diese Fechtkämpfe an, als er den Zwist zwischen den Orientalisten Hammer und Diez damit verglich:

> Erinnert man sich [...] seiner Universitäts-Jahre, wo man gewiß zum Fechtboden eilte, wenn ein paar Meister oder Senioren Kraft und Gewandtheit gegen einander versuchten, so wird niemand in Abrede seyn, daß man bey solcher Gelegenheit Stärken und Schwächen gewahr wurde, die einem Schüler vielleicht für immer verborgen geblieben wären.
>
> *Noten & Abhandlungen zum Divan. Von Diez; FA 3/1 273.*

Daß er als Leipziger Student ein Duell ausfocht und am Arm verletzt wurde, läßt die Autobiographie unerwähnt. Überliefert wurde es nur durch die Familie des Zweikampfgegners Gustav von Bergmann (*GG 20*):

> Schon auf dem Gymnasium ein geschickter Fechter, erhielt er [G. v. B.] in Leipzig bald Gelegenheit, seine Kunst an Goethe zu üben. Dieser traf ihn einst im Schauspielhaus mit andern jüngern Studiengenossen und sagte, gegen seine Bekannten sich wendend: »Hier stinkt's nach Füchsen.« Kaum hatte Goethe diese Worte gesprochen, so gab ihm Bergmann eine Ohrfeige; die Folge war ein Zweikampf, bei welchem Goethe am Oberarm verwundet wurde.

Wirkliche Freude am Fechten empfand Goethe erstmals in Straßburg, wohl weil sein Freund Lerse der Fechtmeister war. Von ihm berichtet *Dichtung und Wahrheit II 9* (*FA 14, 406*):

> er führte ein sehr gutes Rapier, und es schien ihm Spaß zu machen, bei dieser Gelegenheit alle Pedanterie dieses Metiers an uns auszuüben. Auch profitierten wir bei ihm wirklich und mußten ihm dankbar sein für manche gesellige Stunde, die er uns in guter Bewegung und Übung verbringen ließ.

In der Gestalt des ›Franz Lersee‹ setzte Goethe diesem Fechtmeister ein Denkmal der Freundschaft im Ur-*Götz* (*FA 4, 186*). Noch 1830, als bei einer Aufführung des *Götz von Berlichingen* der Weimarer Schauspieler Heinrich Franke, Sohn des Weimarer Fechtmeisters Christian Franke, den Lerse spielte, sagte Goethe zu ihm (*GG 6611*):

> Hören Sie, diese Rolle muß Ihnen Vergnügen machen. Unter dem Lerse habe ich mir einen so recht biedern deutschen Haudegen gedacht, einen tüchtigen Kerl. Diese Rolle muß Ihnen Vergnügen machen.

Von Straßburg nach Frankfurt zurückgekehrt, setzte Goethe die Fechtübungen im Kreis der »jüngeren Gesellen« fort. So auch in der Weimarer Gesellschaft, in die er im November 1775 eintrat. Und wenn es in *Wilhelm Meisters Lehrjahre* gelegentlich heißt: »Man focht, man tanzte, man erfand allerlei Spiele«, so trifft das ganz auf den Weimarer Hof zu, wo alle Adligen, Offiziere und herzoglichen Pagen sich im Fechten übten. Kammerherr von Einsiedel war ein besonders guter Fechter. Um so erstaunlicher ist es, daß Wilhelm Hufeland als glaubwürdiger Zeuge versichert, Goethe sei damals im Fechten »der Erste« gewesen (*GG 343*). In Goethes Weimarer Tagebuch trifft man gelegentlich auf Notizen wie (4. Februar 1777): »Gelesen. Gefochten geschossen. Reiner Tag«; (6. Februar 1777): »Morgends gefochten«; (23. März 1778): »früh gebadet, gefochten nach Tiefurt«. Deutlicher kommt Goethes Vergnügen am Fechten in *Wilhelm Meisters Lehrjahren* zum Ausdruck; die Entwicklung des Helden in dieser Kunst (vgl. *FA 9, 444; 452; 459f.; 471* etc.) spiegelt gewiß eigene Erfahrungen wider. Auffallenderweise ›rechtfertigt‹ sich Wilhelm bei sich selbst für den Verbleib in der »sonderbaren Gesellschaft« Philines und Mignons »durch eine fleißige Übung in der Fecht- und Tanz-Kunst, wozu er so leicht nicht wieder Gelegenheit zu finden glaubte«.

Wenn in den *Lehrjahren IV 5* Laertes und Wilhelm »in theatralischer Absicht« zu den Rapieren greifen, um den Zweikampf darzustellen, »in welchem Hamlet und sein Gegner ein so tragisches Ende nehmen«, so entspricht das ganz Goethes Theaterpraxis in Weimar, denn auch er war überzeugt (*FA 9, 585f.*):

daß man in dieser wichtigen Scene nicht, wie es wohl auf Theatern zu geschehen pflegt, nur ungeschickt hin und wieder stoßen dürfe: sie hofften ein Muster darzustellen, wie man, bei der Aufführung, auch dem Kenner der Fechtkunst ein würdiges Schauspiel zu geben habe. Man schloß einen Kreis um sie her; beide fochten mit Eifer und Einsicht, das Interesse der Zuschauer wuchs mit jedem Gange.

Fechtszenen wurden unter Goethes Theaterleitung perfekt dargestellt, wie aus Berichten darüber hervorgeht:

> Das Meisterwerk Shakespeares [*Romeo und Julia*] war nach Schlegels Übersetzung und Goethes Bearbeitung einstudiert worden [...] Die Fechtszene zwischen Mercutio und Tybalt ließ Goethe [am 21. Januar 1814] noch einmal, in verlängertem Zeitmaße, vor sich gehen.
>
> *W. G. Gotthardi, Weimarische Theaterbilder; GG 3865.*

Eckermann überliefert unterm 14. April 1825, daß Goethe Fechtübungen für Schauspieler unentbehrlich fand und als Theaterleiter alle jungen Schauspieler »auf einige Zeit dem Tanz- und Fechtmeister« übergab.

Unter dem Lebenskunst-Aspekt ist es interessant, wie in Goethes Werken Duelle dargestellt sind. Bedenkt man, daß damals Adlige, Offiziere und Studenten Fechten lernten, um Ehrenhändel zur Sühne von Beleidigungen auszufechten und daß dabei manches Leben sinnlos aufs Spiel gesetzt wurde, so ist der Einblick in Goethes Auffassung von Duellen aufschlußreich. In *Claudine von Villa Bella* entspringt die Dramatik wiederholt daraus, daß ein Held zur »Genugtuung« für angebliche »Beleidigung« oder wegen einer schönen Frau zum Degen greift. Der hitzige Crugantino bringt Pedro eine Armverletzung bei, an der dieser fast

»verblutet«. Die Reue über die Folgen der Übereilung läßt nicht auf sich warten, besonders als sich herausstellt, daß der Verletzte der eigene Bruder ist. So wirken die Duelle eigentlich parodistisch. Ebenso in *Wilhelm Meisters Lehrjahre II 14*. Beim Eifersuchtsausbruch des in Philine verliebten Friedrich, dem der Stallmeister »Satisfaktion geben« muß, steht Wilhelm »nachdenklich und beschämt« da, weil er »sein eignes Innerstes, mit starken und übertriebenen Zügen dargestellt« sieht. Er, der selbst von Eifersucht glüht, würde gern »seinen Nebenbuhler ausgefordert«, an ihm »seine wilde Laune befriedigt« haben, ja »er hätte die Menschen, die nur zu seinem Verdrusse da zu sein schienen, vertilgen mögen«. Zurück hält ihn nur »der Wohlstand«, d.h. angeborene Wohlanständigkeit. Ein Duell aus der Phantasie des Lebenskünstlers Goethe sieht so aus (*FA 9, 495 f.*):

> Laertes, der auch herbei gekommen war, und die Geschichte vernommen hatte, bestärkte schelmisch den aufgebrachten Knaben, als dieser beteuerte und schwur, der Stallmeister müsse ihm Satisfaktion geben, er habe noch keine Beleidigung auf sich sitzen lassen; weigere sich der Stallmeister, so werde er sich zu rächen wissen. | Laertes war hier gerade in seinem Fache. Er ging ernsthaft hinauf, den Stallmeister im Namen des Knaben heraus zu fordern. | Das ist lustig, sagte dieser; einen solchen Spaß hätte ich mir heut Abend kaum vorgestellt. Sie gingen hinunter, und Philine folgte ihnen. Mein Sohn, sagte der Stallmeister zu Friedrichen, du bist ein braver Junge, und ich weigere mich nicht, mit dir zu fechten; nur da die Ungleichheit unsrer Jahre und Kräfte die Sache ohnehin etwas abenteuerlich macht, so schlag ich statt anderer Waffen ein Paar Rappiere vor, wir wollen die Knöpfe mit

> Kreide bestreichen, und wer dem andern den ersten, oder die meisten Stöße auf den Rock zeichnet, soll für den Überwinder gehalten, und von dem andern mit dem besten Weine, der in der Stadt zu haben ist, traktiert werden. | Laertes entschied, daß dieser Vorschlag angenommen werden könnte; Friedrich gehorchte ihm als seinem Lehrmeister. Die Rappiere kamen herbei. Philine setzte sich hin, strickte, und sah beiden Kämpfern mit großer Gemütsruhe zu. | Der Stallmeister, der sehr gut focht, war gefällig genug, seinen Gegner zu schonen, und sich einige Kreidenflecke auf den Rock bringen zu lassen, worauf sie sich umarmten, und Wein herbeigeschafft wurde.

Die amüsante Szene ist von Goethe so angelegt, daß der Impuls zu leichtfertig vom Zaun gebrochenen Duellen als knabenhaft unreif erscheint und das Duellieren als Albernheit, während die Noblesse des überlegenen Fechters gegenüber dem Schwächeren, den er physisch und psychisch schont, imponiert. Zwar kann Wilhelm sich innerlich nicht leugnen, »daß er das Rappier, ja lieber noch einen Degen selbst gegen den Stallmeister zu führen wünschte, wenn er schon einsah, daß ihm dieser in der Fechtkunst weit überlegen sei«. Den Lesern jedoch gefällt die souveräne Handhabung des Ersatzduells durch den Stallmeister; sie werden geneigt sein, harmlosere Alternativen zu ernstlichen Duellen zu akzeptieren und der Nachahmung zu empfehlen.

In der Tat lehnte Goethe das Duellieren ab, bei dem damals viele junge Männer Körperverletzungen erlitten und nicht wenige ihr Leben einbüßten. (So verlor Goethes Freund Willemer den einzigen Sohn im Pistolenduell.) Die »Zeit wann die Duelle mit dem Degen an ihrem Platz waren«, erschien Goethe vorüber zu sein. Das geht aus seinem gegen die studentischen schlagenden Verbindungen gerichteten *Gutachten über Abschaffung der Duelle an der Universität Jena* von 1792 hervor (*WA I 53, 285-290*). Goethe war der Meinung daß die »Vernünftigen« unter den Studenten »edelste Herrschaft über sich selbst ausüben«, während sich die »Händelsucht nur aus der Hefe der ältern, in einer rohen Existenz geübten und erfahrnen Akademischen Bürger auf die Uebrigen« verbreite. Im ernsten Ton fährt er fort:

> Ich sage dieß nicht ohne Kenntniß der Menschen, Sachen und Umstände und ich darf wohl sagen, ich wünschte die Zeit zu sehen wo auf einen bloßen Schlag die Relegation gesetzt wäre, und ich würde unter wenig veränderten Umständen dieses Gesetz vorzuschlagen wagen. Wer schlägt, gehört dahin wo man mit Schlägen unterrichtet, und hört auf ein akademischer Bürger zu seyn. Wer seines gleichen schlägt, giebt zu steigenden Repressalien und zuletzt zu allen Extremitäten Anlaß, und der wie eine Kranckheitsgeschichte merckwürdige Purschen-Comment verdiente von dieser Seite einen Commentar und man würde sehen, wie man in diesem abentheuerlichen Gesetz gesucht hat die Leidenschaften und das Betragen eines Bauern, eines Schülers und eines Edelmanns zu vereinigen. [...] Mein Vorschlag zu einem ganz einfachen Gesetz wäre also:
>
> 1. Jede wörtliche Beleidigung werde durch Abbitte in Gegenwart des Beleidigten und einiger von ihm erbetenen Freunde,
> 2. Das Schuppen oder Stoßen, viel oder wenig, mit einer Karzerstrafe,
> 3. Jeder Schlag mit einer irremissiblen Relegation bestraft.

Als Goethe diese Vorschläge erwog, fielen an der Universität Jena durchschnittlich 6 bis 8 Duelle pro Woche vor. Dennoch kam es damals noch nicht zu entsprechenden Reformen.

Positiv aber blieb Goethes Einstellung zum Fechten als einer zur Entwicklung körperlicher und charakterlicher Kräfte förderlichen Geschicklichkeitsübung. Was einen guten Fechter auszeichnet, ist »jugendlich mutiger Entschluß, rasche Selbstverteidigung, Rapierfertigkeit, Mut und Gewandtheit, Kraft und Ausdauer, Beständigkeit und Tatenlust«, wie Goethe in den *Tag- und Jahres-Heften* 1805 bei Gelegenheit der legendären Fechterkünste des Hofrat Beireis in Helmstädt erwähnt (*FA 17, 155f.*). Die positive Auswirkung der Fechtkunst auf Körper und Charakter betont Goethe gleichfalls in seinem Lob des Orientreisenden Pietro della Valle:

> Die edle Fecht- und Reitkunst dienten ihm zu täglicher Entwickelung körperlicher Kräfte und der damit innig verbundenen Charakterstärke.
>
> *Noten & Abhandlung zum Divan, Pietro della Valle; FA 3/1, 253.*

* * *

Alle Bewegungsarten, die ihn der Natur näher brachten, hatten für Goethe etwas Begeisterndes, ganz besonders aber das Bergsteigen. Welche Glücksgefühle er aus Bergwanderungen ziehen konnte, zeigt sein Brief an Charlotte von Stein vom 7. und 8. September 1780 aus Ilmenau:

> Meine Wandrung ist glücklich vollendet [...] Wir sind auf die hohen Gipfel gestiegen und in die Tiefen der Erde eingekrochen, und mögten gar zu gern der großen for-

menden Hand nächste Spuren entdecken. Es komt gewiss noch ein Mensch der darüber klaar sieht. Wir wollen ihm vorarbeiten. Wir haben recht schöne grose Sachen entdeckt, die der Seele einen Schwung geben und sie in der Wahrheit ausweiten [...] Nach zehenstündigem Schlaf, bin ich fröhlich erwacht. O dass doch mein Beruf wäre imer in Bewegung und freyer Luft zu seyn, ich wollte gerne iede Beschweerlichkeit mit nehmen die diese Lebensart auch ausdauern muss.

Durch seinen leidenschaftlichen Drang, die Bergnatur zu entdecken, entwickelte Goethe auf bergsteigerischem Gebiet so außerordentliche Leistungen, daß er in der Geschichte des Sports als »der erste Bergsteiger im Deutschen Reich« gilt (Diem, S. 406).

Die Harzreise im Dezember 1777 und Besteigung des Brockens bei anderthalb Ellen hohem Schnee war für damalige Zeiten eine unglaublich riskante Unternehmung. Selbst ein seit langem am Fuß des Brockens lebender Förster, den Goethe schließlich zu dem »bizarr« zu nennenden Abenteuer überredete, hatte es zunächst für unmöglich erklärt. (Vgl. an Charlotte von Stein vom 11. Dezember 1777; an Merck vom 5. August 1778; *Harzreise im Winter FA 1, 322*; die Schilderung des »bedenklichen und beschwerlichen Unternehmens« von 1820 in *Über Goethe's Harzreise im Winter*; und den auf dies Erlebnis bezüglichen Passus der *Farbenlehre*; *FA 23/1, 54f.*) Der Stolz über die gelungene Unternehmung klingt noch 1820 aus Goethes Worten heraus (*WA I 41/1, 336f.*):

Ich stand wirklich am siebenten [10.] December in der Mittagsstunde, gränzenlosen Schnee überschauend, auf dem Gipfel des Brocken zwischen jenen ahnungsvollen

> Granitklippen, über mir den vollkommen klarsten Himmel, von welchem, herab die Sonne gewaltsam brannte, so daß in der Wolle des Überrocks der bekannte branstige Geruch erregt ward. Unter mir sah ich ein unbewegliches Wogenmeer nach allen Seiten die Gegend überdecken und nur durch höhere und tiefere Lage der Wolkenschichten die darunter befindlichen Berge und Thäler andeuten.

Für die Nachwelt wurde Goethe durch den gefährlichen Aufstieg »der erste Wintertourist« (Diem S. 459). Heute zählt der Harz mit dem Brocken gewiß zu den für Bergsteiger und Skiläufer harmlosesten Gebieten. Aber wenn in unsrer Zeit jedes Jahr Millionen Touristen Erholung im Schnee suchen und eine weltweite Industrie vom Wintersport lebt, so ist zu bedenken, daß erst 120 Jahre nach Goethe Skiläufer zu hochgelegenen Schneefeldern und Berggipfeln vordrangen.

Vor der Brockenbesteigung hatte Goethe seine ersten bergsteigerischen Erfahrungen bereits im Herbst 1775 erworben, als ihn die Bergwelt der Schweiz anzog. Von da an wurden die Berge Goethes Passion. Über die abenteuerlichen Hochgebirgswanderungen im Juni 1775 gibt sein Tagebuch stichwortartig, *Dichtung und Wahrheit* ausführlicher Rechenschaft (*FA 14, 801-813*). Damals trat der 25jährige Goethe von Maria Einsiedeln aus mit dem Frankfurter Freund Passavant den »beschwerlichen Weg« an, an dem die Grafen Stolberg und Haugwitz sich nicht beteiligten:

> Wilde steinige Höhen mußten überstiegen werden und zwar in vollkommener Eisamkeit und Öde [...] Wir fanden auf unsern Wegen zum erstenmal Schnee, und an jenen zackigen Felsgipfeln [Schwyzer Hocken] hing er

noch vom Winter her. Ernsthaft und fürchterlich füllte ein uralter Fichtenwald die unabsehlichen Schluchten in die wir hinabsollten. Nach kurzer Rast, frisch und mit mutwilliger Behendigkeit, sprangen wir den von Klippe zu Klippe, von Platte zu Platte in die Tiefe sich stürzenden Fußpfad hinab und gelangten um 10. Uhr nach Schwytz. Wir waren zugleich müde und munter geworden, hinfällig und aufgeregt, wir löschten gählings unsern heftigen Durst und fühlten uns noch mehr begeistert [...] in einen Naturzustand versetzt [...] den ich nicht zu schildern wüßte stünde nicht im Tagebuche: »Lachen und Jauchzen dauerte bis um Mitternacht.«

Dann geht es »gegen den Rigi zu«. Die Freunde erklimmen den 1800 m hohen Gipfel: »in Wolcken und Nebel rings die Herrlichkeit der Welt« (*Tagebuch*). Weiter gehts zum 1109 m hohen Göschenen »allmächtig schröcklich«, der Aufstieg kostet »Noth und Müh und Schweiß«. Hochziel ist die Besteigung des St. Gotthard, eine ebenso strapaziöse wie gefährliche Unternehmung für die auf neunstündige Tageswanderungen über hartes Berggelände nicht recht vorbereiteten Freunde. Im »genugsam wilden Angebirge, wo die Reuß aus schrofferen Felsklüften hervordrang und das frische Schneewasser über die reinlichen Kiesbänke hinspielte«, widersteht Goethe der Versuchung nicht, sich »in den rauschenden Wellen zu erquicken.« Das Reußthal aufwärts zum 931 m hohen Wassen geht's über »eine breite Schneemasse«, eine gefährliche Schneebrücke, von der die Wanderer erst nachher erfahren, »daß sie unten hohl sei«. Beim Aufstieg werden die Felsen »immer mächtiger und schrecklicher«, der Weg »immer mühseliger [...] das ungeheure Wilde schien sich immer zu steigern, Platten wurden zu Gebirgen, und Vertiefungen zu Abgründen«. Nach

Durchquerung des düstern Urnerlochs »Belebung im Thal« – die lang vermißte Vegetation wird freudig begrüßt im Ursener Hochtal mit seinen grünenden Wiesen und einem »Fichtenwäldchen, heilig geachtet: weil es die am Fuße Angesiedelten vor höher herabrollenden Schneelawinen schützte«. Nach allen Strapazen wird das einfache Herbergsmahl zum Fest:

> An der Matte fand sich der berühmte Ursener Käse und die exaltierten jungen Leute ließen sich einen leidlichen Wein trefflich schmecken um ihr Behagen noch mehr zu erhöhen und ihren Projekten einen phantastischern Schwung zu verleihen.

Es ist eine der zahllosen Erwähnungen mit besonderer Fröhlichkeit genossener Mahlzeiten. Nie vergaß Goethe die Wohltat der guten Aufnahme im Hospiz der Kapuziner auf dem St. Gotthard nach den bergsteigerischen Anstrengungen im Juni 1775, nie den Pater Lorenz, dem er im November 1779 wieder begegnete, als er bei grausamster Kälte mit Herzog Carl August dort einkehrte, und nochmals im Oktober 1797, als er mit dem Schweizer Freund J. H. Meyer den St. Gotthard bestieg. »Der Pater Lorenz ist noch so munter als wir ihn vor soviel Jahren kannten«, ließ er damals den Herzog wissen.

Die Zweite Schweizreise von 1779 (vgl. *FA 16, 32-88*) hatte er mit dem 22jährigen Carl August unternommen, um »mit Beistand des Himmels in den großen Gestalten der Natur sich umherzutreiben und ihre Geister im Erhabenen der Natur zu baden« (an Ch. v. Stein, 24. September 1779). Es ging Goethe darum, Carl Augusts Natur harmonischer auszubilden, zugleich mit den Körperkräften seine seelischen und geistigen Kräfte zu steigern. Insgeheim hoffte er, den jungen Fürsten durch körperliche Bewegung in der freien Höhenluft der Bergwelt und der Herrlichkeit des ewigen Schnees von seiner Militärbesessenheit und Jagdleidenschaft abzulenken und seinen Wagemut in andere Richtungen zu lenken. Darum führte er ihn durch »die erhabensten Gegenden«, drang in kaum zugängliches Gelände vor, unternahm anstrengende Fußwanderungen und waghalsige Kletterpartien zur Bezwingung von Berggipfeln. Bei Besteigung der Berner Gletscher sprang er mit ihm über Gletscherspalten hinweg, während den Begleitern schwindlig wurde. Aus *Dichtung und Wahrheit II 9* (*FA 14, 408*) ist bekannt, wie Goethe sich selbst das Schwindelgefühl abtrainiert hatte. Da der Herzog dazu tendiert, über die Stränge zu schlagen, muß Goethe ihn zügeln. »Wär ich allein gewesen, ich wäre höher und tiefer gegangen«, gesteht er Charlotte von Stein am 14. Oktober 1779, »aber mit dem Herzog muß ich tun was mäßig ist.« Bald darauf werden die Begleiter und Pferde zum oberen Rhone-Tal voraus geschickt, während Goethe und Carl August nur von einem Jäger, später noch von einzelnen Geländekennern begleitet, neunstündige Tagesmärsche, gefährliche Anstiege mit gelegentlich halsbrecherischen Klettereien riskieren. In den südlichen Jura geht's zunächst zu Pferde hinein, dann zu Fuß auf den 1483 m hohen Dent de Vaulion und die 1677 m hohe Dôle, den höchsten Gipfel des Jura. Im November die Savoyer Eisberge zu besteigen war ein ganz ungewöhnliches Unternehmen, von dem, wie Goethe am 2. November 1779 an Charlotte von Stein berichtet, die Genfer »Leute auf den Sofas und in den Cabriolets« abrieten, »als wär's ein Stieg in die Hölle«. Doch beraten von dem Naturforscher de Saussure, der 1787 als einer der ersten den Montblanc besteigen sollte, wagt Goethe die abenteuerliche Tour durchs

Mer de Glace bis zum 2002 m hohen Col de Balme. Noch war die größte Höhe, auf die er je gelangte, zu erklimmen: der Sattel der Furka (2431 m) – für den Herzog die »ärgste Strapaz«, die er je ausgehalten, wie sein Tagebuch bekundet. Nun erst konnte Goethe wirklich frohlocken: »Ja ich habe die Furka, den Gotthard bestiegen! Diese erhabenen unvergleichlichen Naturszenen werden immer vor meinem Geiste stehen« (*FA 16, 21*). Am Ende der gemeinsamen »Schweizerreise, deren bester Theil zu Fus gemacht worden« und von der Goethe weiß, »wie wichtig in vielem Betracht« sie für den Herzog war, ist er sich »gewi« (an Lavater, Ende November 1779), daß »eine neue Epoche seines und unsers Lebens sich davon anfängt«. Im Tagebuch vom 17. Januar 1780 wird die Bergreise als »ein Meisterstück« verzeichnet.

* * *

Wie viele Meisterstücke Goethe auf dem Gebiet der Lebenskunst leistete und wie anregend er durch sein Vorbild für die Mit- und Nachwelt war, kann hier nur angedeutet werden. Schon aus der Wetzlarer Zeit und dem *Werther* ist bekannt, wie gerne Goethe mit Kindern herumtollte, was zu damaliger Zeit ebenso ungewöhnlich wie anstoßerregend war. Goethe aber ließ sich dadurch nicht beirren. Er wußte, wie gesund und naturgemäß fröhliches Herumturnen für die Entwicklung von Kindern ist. In *Erwin und Elmire*, dem schon 1773 begonnenen *Schauspiel mit Gesang* von 1775, plädiert er durch den Mund Olimpias dafür, daß ein Kind »Erlaubnis« haben solle, »ein Kind zu sein« (*FA 4, 506*):

> Da führen sie ihre Kinder zusammen. Sie sitzen im Kreis, wie die Damen [...] so müssen sie anständig sein, wie die Damen; und auch Langeweile haben, wie die Damen,

> und sind doch Kinder von innen, und werden durchaus verdorben, weil sie gleich von Anfang ihres Lebens nicht sein dürfen, was sie sind [...] Ich sage dir, die Kinderschuhe treten sich von selbst aus, wenn sie einem zu eng werden.

An ihrer eigenen fröhlichen Jugendzeit rühmt Olimpia (*ebd.*, *505*): »Wir spielten, sprangen, lärmten, und waren schon ziemlich große Jungfern, da uns noch eine Schaukel, ein Ballspiel ergötzte.« 1787 wollte Goethe sein *Nausikaa*-Drama mit einem Ball- und Versteckspiel junger Mädchen auf der Bühne beginnen lassen, wovon hier die ersten Sätze zitiert seien (*FA 5, 623*):

ERSTE *suchend*:
Nach dieser Seite flog der Ball! – Er liegt
Hier an der Erde: Schnell faß ich ihn auf
Und stecke mich in das Gebüsche! Still!
Sie verbirgt sich.
ZWEITE
Du hast ihn fallen sehn?
DRITTE
Gewiß er fiel
Gleich hinter dies Gesträuch im Bogen nieder.
ZWEITE
Ich seh ihn nicht!
DRITTE
Noch ich.
ZWEITE
Mir schien es lief
Uns Treche schon die schnelle leicht voraus.
ERSTE *aus dem Gebüsche zugleich rufend und werfend:*
Er kommt! Er trifft! [u. s. w.]

In solchen Szenen drückt sich Goethes eigene Spielfreudigkeit aus, für die es viele Beweise gibt. So konnte er, wie sein Tagebuch vom 13. März 1778 verrät, als ›Geheimer Rat‹ am Vormittag im »Conseil« sein, aber »Nach Tisch mit den Kindern auf der Wiese Ball« spielen. Zwei Tage später heißt es wieder »Ball gesp[ielt] in Garten.« Goethe interessierte sich für die verschiedensten Arten von Ballspielen, auch die Vorläufer des heutigen Tennis und Fußball und volkstümliche Kegelspiele. In Verona, Venedig und Parma schaute er den Ballspielern zu. Zur zweiten Italienreise notierte er: »Spiele der Kinder | verglichen mit den Spielen der deutschen Kinder« (*WA 34.2, 160*). In seinen *Erinnerungen* berichtet Charlotte von Steins ältester Sohn Carl:

> Durch Goethen kamen gymnastische Übungen in Schwung, woran man früher in höheren Zirkeln nicht anders gedacht hatte als an unerquickliche Beschäftigungen. Wir lernten also auch auf Stelzen gehen, baden, schwimmen. (*GG 344*)

Am Stelzenlaufen hatte Goethe selber größten Spaß. Verwandte Lili Schönemanns berichteten davon mit Bezug auf den Frühling 1775 in Offenbach (*GG 247*):

> Bei einer dämmernden Mondnacht hat er sich einst in weiße Laken gehüllt und so, auf hohen Stelzen in dem Städtchen herumschreitend – Goethe war nämlich in seiner Jugend ein sehr geübter Stelzengänger –, vielen Leuten zu den Fenstern des ersten Stockwerkes hereingeschaut, daß jene ein panischer Schreck befiel ob der langen, weißen, geisterhaften Gestalt.

Von einer Weimarer Redoute im Februar 1776, *Die Verwünschungen des Heiligen Antonius* vorstellend, erzählte Goethes Diener Philipp Seidel (*GG 368*): »mein Doktor war der Hochmutsteufel, kam mit Pfauenschwanzflügeln und aufgeblasen auf Stelzen herein«.
Gymnastische Übungen, die Goethe in Weimar einführte, erwähnte auch der damalige Hofpage Karl von Lyncker in seinen *Erinnerungen* (*GG 345*):

> Goethe war ein besonderer Patron von Kindern, und ich entsinne mich sehr genau, wie er uns gleich bei dem ersten Zusammentreffen in den Zimmern der Frau v. Stein auf den Boden legte und in mancherlei Kunststücken unterrichtete [...] Auch hatte uns Goethe auf dem Platze vor dem Steinschen Hause ein Seil aufspannen lassen, auf welchem wir mit der gewöhnlichen Balancierstange gehn und mit der Zeit tanzen lernten.

Das zwischen dem Steinschen Haus und dem Husarenstall aufgespannte Seil wurde viele Jahre lang benutzt. »Sieh nur die Knaben an, wie sie jedesmal, so oft Seiltänzer in der Stadt gewesen, auf allen Planken und Balken hin und wieder gehen und balanciren«, heißt es in *Wilhelm Meisters Lehrjahren II 4 (FA 9, 434)*. Dort läßt Goethe ganz fachmännisch »eine große Gesellschaft Seiltänzer, Springer und Gaukler« auftreten (*ebd., 443; 449 f.*):

> Die Schwungbretter waren schon gelegt, das Schlappseil an die Pfosten befestigt, und das straffe Seil über die Böcke gezogen [...] bald erregten die lustigen Springer ein lebhaftes Vergnügen,wenn sie erst einzeln, dann hinter einander und zuletzt alle zusammen sich vorwärts und rückwärts in der Luft überschlugen. Ein lautes Hände-

klatschen und Jauchzen erscholl aus der ganzen Versammlung. | Nun aber war die Aufmerksamkeit auf einen andern Gegenstand gewendet. Die Kinder, eins nach dem andern, mußten das Seil betreten, und zwar die Lehrlinge zuerst, damit sie durch ihre Übungen das Schauspiel verlängerten, und die Schwierigkeit der Kunst ins Licht setzten. Es zeigten sich auch einige Männer und erwachsene Frauenspersonen mit ziemlicher Geschicklichkeit...

Das wiederholte Auftauchen von Akrobaten, Seiltänzern, Springern, Radschlägern in Goethes Tagebüchern und Werken bekundet des Dichters Spaß an allen solchen Körperkunststücken:

Wer trägt sein Geld nicht Seiltänzern, Luftspringern und Kunstreitern zu? Und was reizt uns, diese flüchtigen Erscheinungen immer wiederholt zu verlangen, als das anmuthig vorübergehende Lebendige.
Die schönsten Ornamente aus Pompeji;
WA I 49. 1, 176.

Sehen wir doch in der Wirklichkeit auf unmerklichem Draht, auf schwankem Seil, wandelbare Bewegungen, kühnen Sprung auf Sprung, Blick verwirrenden Körperwechsel; über solcher Kraftäußerung und Anmuthserscheinung vergessen wir die geringen Hülfsmittel, welche diese wundersame Welt flüchtig begründen.
Wilhelm Tischbeins Idyllen; WA I 49.1, 324.

Auf Goethes besondere Affinität zu den Geschicklichkeitskünstlern weisen auch die *Venezianischen Epigramme* hin: »Gaukler und Dichter | Sind gar nahe verwandt, suchen und finden sich gern.« (*FA 2, 219*)

Die Weimarer Tagebücher enthalten mancherlei, obwohl immer nur sporadische Hinweise auf »Cörperliche Übungen allerley Art« (23. April 1777). Aus Berichten Dritter geht hervor, daß Goethe viele gymnastische Übungen wie Balanceübungen auf dem Seil, Ballspiele, Wettlaufen, Wettspringen, Ringen und Faustkämpfe in Weimar populär machte. Auch Kopfstand und Radschlagen waren ihm vertraut, woran noch die Verse in den *Zahmen Xenien II* erinnern (*FA 2, 633*): »Ein Rad zu schlagen, auf'm Kopf zu stehn, | Das mag für lustige Jungen gehn.« Daß er selber an Turngeräten wie Barren und Pferd beim Voltigieren exzellierte, ist überliefert durch den Mediziner Ch. Wilhelm Hufeland, Verfasser der berühmten *Makrodiätik oder die Kunst, das menschliche Leben zu verlängern.* Er kannte Goethe seit dessen Eintreffen in Weimar, noch bevor er 1783 bis 1793 sein Arzt wurde und berichtet darüber in seiner Selbstbiographie (*GG 343*):

> Goethe [...] brachte eine wunderbare Revolution in diesem Orte hervor, der bisher ziemlich philisterhaft gewesen war und nun plötzlich genialisiert wurde. Es war kein Wunder. Man kann sich keinen schöneren Mann vorstellen. Dabei sein lebhafter Geist und seine Kraft, die seltenste Vereinigung geistiger und körperlicher Vollkommenheit, groß, stark und schön; in allen körperlichen Übungen: Reiten, Fechten, Voltigieren, Tanzen war er der Erste. Zu dem allen kam nun noch seine Gunst bei dem jungen Fürsten, der eben die Regierung angetreten hatte, und den er ebenfalls plötzlich aus einer pedantischen, beschränkten, verzärtelnden Hofexistenz ins freie Leben hinausriß, und damit anfing, daß er ihn im Winter eiskalte Bäder nehmen ließ, ihn beständig in freier Luft erhielt und mit ihm in seinem Lande herumreiste, wobei

dann überall brav gezecht wurde, wodurch man aber auch genaue Kenntnis des Landes und der Persönlichkeiten erwarb. Die erste natürliche Folge dieser heroischen Kur war freilich eine tödliche Krankheit des Herzogs, aber er überstand sie glücklich, und der Erfolg war ein abgehärteter Körper für das ganze folgende Leben, so daß er ungeheure Strapazen hat aushalten können.

Eine wesentliche Komponente der Freundschaft von Goethe und Carl August war beider Freude an Leibesübungen aller Art. Im Oktober 1779 ließen sie sich in der Schweiz auf dem Rasen eines Wirtshauses bei Brienz eine besondere Art von Ringkampf, das volkstümliche Schweizer Schwingen, vorführen, das Goethe anschließend in seinem in der Schweiz lokalisierten Singspiel *Jeri und Bätely* darstellt (*FA 5, 888*):

Sie ringen und schwingen sich herum, endlich wirft Thomas den Jery zu Boden.

THOMAS *spricht abgebrochen wie er nach und nach zu Atem kommt:*

Da liegst du! Du hasts mir's sauer gemacht! Doppelt sauer! Du bist ein starker Kerl und mein guter Freund! Da liegst du nun!

Auch das Armbrustschießen verdient in diesem Zusammenhang Erwähnung. Wie hoch Goethe es schätzte, erkennt man am *Egmont*, der mit der Szene *Armbrustschießen* beginnt, die zur Charakterisierung des noch nicht auftretenden Helden dient. Dort wird von dem besten Schützen gerühmt: »er schießt wie Egmont«; doch dieser erklärt, im Vergleich zu Egmont »nur ein armer Schlucker« zu sein (*FA 5, 461 f.*):

> Mit der Büchse trifft er erst, wie keiner in der Welt. Nicht etwa wenn er Glück oder gute Laune hat; nein! wie er anlegt, immer rein schwarz geschossen. Gelernt habe ich von ihm. Das wäre auch ein Kerl, der bei ihm diente und nichts von ihm lernte!

Daß Goethe selber ein hervorragender Schütze war, bestätigte noch der Maler J. K. W. Zahn, den der 78jährige Dichter im September 1827 zu einem Fest der Weimarer Armbrustschützengilde mitnahm: »Goethe war immer ein Glückskind. Auch bei diesem Feste traf er mit der Armbrust das Zentrum.« (*GG 6068*) Im Laufe seines Lebens nahm Goethe an vielen Schützenfesten teil; geschossen wurde nach der Scheibe oder einem Holzvogel (›Vogelschießen‹) mit der Armbrust oder Pistolen. Das Tagebuch gibt mancherlei Einblick; z. B. am 22. August 1811: »Abends Schießhaus. Die Herzogin spielte, der Herzog schoß mit Pistolen nach einer Scheibe. Späterhin Feuerwerk.« Dem Freund Knebel berichtet Goethe am 24. August 1811:

> Unser Vogelschießen ist sehr lebhaft, und man kann dort die sämtlichen Stände von Weimar in einem mäßigen Bezirk, Tags und Abends, beisammen finden. Ich habe mich einige Male, obwohl nur auf kurze Zeit, draußen umgesehen.

Auch bei Kuraufenthalten in Carlsbad, Franzensbad, Eger, Tennstedt etc. besuchte Goethe gern Schützenfeste. In Carlsbad kaufte er am 1. Juli 1807 »für August ein paar schöne Pistolen«; und ebenfalls aus Carlsbad rät er seiner Frau am 27. August 1812: »Ergetzt euch beim Vogelschießen so gut es sich tun läßt und gedenket mein.« Dem jungen Eckermann, der selber ein guter Bogenschütze war, gestand

Goethe seine Vorliebe fürs Bogenschießen und zeigte ihm Pfeil und Bogen, die ihm ein mit den verbündeten russischen Truppen nach Weimar gekommener Baschkire geschenkt hatte. Eckermann schildert, wie Goethe die Kerbe des Pfeiles in die Sehne schob, den Bogen richtig faßte und die Sehne zog (1. Mai 1825):

> Er stand da wie der Apoll, mit unverwüstlicher innerer Jugend, doch alt an Körper. Der Pfeil erreichte nur eine sehr mäßige Höhe und senkte sich wieder zur Erde. Ich lief und holte den Pfeil. »Noch einmal«! sagte Goethe. Er zielte jetzt in horizontaler Richtung den sandigen Weg des Gartens hinab. Der Pfeil hielt sich etwa dreißig Schritte ziemlich gut, dann senkte er sich und schwirrte am Boden hin.

Aufgrund der vielen körperlichen Übungen, die Goethe bei der Weimarer Jugend einführte, konnte Carl Diem ihn als »den ersten Sportlehrer« bezeichnen und darüber hinaus versichern: »Goethes Bedeutung für die Leibesübung kann [...] schlechterdings nicht überschätzt werden.« (Diem S. 50).

Goethe war überzeugt von den positiven Auswirkungen körperlicher Gewandtheit und Stärke auf Seele und Geist. Zu einem Studenten, der von dem in Jena neu angelegten ersten deutschen Hochschul-Turnplatz kam, sagte er 1817 (*GG 4871*):

> Die Turnerei halte ich wert, denn sie stärkt und erfrischt nicht nur den jugendlichen Körper, sondern ermutigt und kräftigt auch Seele und Geist gegen Verweichlichung.

Als andere deutsche Staaten aus Sorge vor staatsgefährlichen Verschwörungen eine ›Turnsperre‹ verhängten, blieb in Sachsen-Weimar das Turnen erlaubt. Eckermann überlieferte Goethes Ausspruch vom 1. Mai 1825:

> Ich hoffe, daß man die Turnanstalten wieder herstelle, denn unsere deutsche Jugend bedarf es, besonders die studierede, der bei dem vielen geistigen und gelehrten Treiben alles körperliche Gleichgewicht fehlt und damit jede nötige Tatkraft zugleich.

Das von Goethe in Weimar eingeführte Schlittschuhlaufen gehörte zu den von Carl von Stein erwähnten »vorher nur bei den untern Ständen der Stadt gebräuchlichen Vergnügen« (*GG 344*):

> Auf Goethens Veranlassung wurde hierzu ein Teich [...] erwählt. Es wurde ein transportabel Bretterhäuschen mit einem Windofen ans Ufer gebauet, mehrere Schlittenstühle angeschafft, Damen auf dem Eise spazieren zu fahren. Die Herzoginnen kamen mit ihren Damen hinaus, und viele Herren, selbst Damen, lerneten Schlittschuhlaufen. Goethes Bedienter (er hieß Seidel) erteilte Unterricht.

Dichtung und Wahrheit schildert, wie Goethe als relativ ›alter Anfänger‹ im Winter 1771/1772 Schlittschuhlaufen lernte:

> Die jüngern Gesellen führten das Fechten wieder ein; besonders aber tat sich, bei eintretendem Winter eine neue Welt vor uns auf, indem ich mich zum Schlittschuhfahren, welches ich nie versucht hatte, rasch entschloß, und

es in kurzer Zeit durch Übung, Nachdenken und Beharrlichkeit, so weit brachte als es nötig ist, um eine frohe und belebte Eisbahn mitzugenießen, ohne sich gerade auszeichnen zu wollen. | Diese neue frohe Tätigkeit waren wir denn auch Klopstocken schuldig, seinem Enthusiasmus für diese glückliche Bewegung, den Privatnachrichten bestätigten, wenn seine Oden davon ein unverwerfliches Zeugnis ablegen. Ich erinnere mich ganz genau, daß an einem heiteren Frostmorgen, ich aus dem Bette springend mir jene Stellen zurief [aus Klopstocks Ode *Der Eislauf*]:

Schon von dem Gefühle der Gesundheit froh,
Hab ich, weit hinab, weiß an dem Gestade gemacht
Den bedeckenden Krystall.

Wie erhellt des Winters werdender Tag
Sanft den See? Glänzender Reif, Sternen gleich,
Streute die Nacht über ihn aus!

Mein zaudernder und schwankender Entschluß war sogleich bestimmt, und ich flog sträcklings dem Orte zu, wo ein so alter Anfänger mit einiger Schicklichkeit seine ersten Übungen anstellen konnte. Und fürwahr, diese Kraftäußerung verdiente wohl von Klopstock empfohlen zu werden, die uns mit der frischesten Kindheit in Berührung setzt, den Jüngling seiner Gelenkheit ganz zu genießen aufruft, und ein stockendes Alter abzuwehren geeignet ist. Auch hingen wir dieser Lust unmäßig nach. Einen herrlichen Sonnentag so auf dem Eise zu verbringen, genügte uns nicht; wir setzten unsere Bewegung bis spät in die Nacht fort. Denn wie andere Anstrengungen den Leib ermüden, so verleiht ihm diese eine immer neue

Schwungkraft. Der über den nächtlichen, weiten, zu Eisfeldern überfrorenen Wiesen aus den Wolken hervortretende Vollmond, die unserem Lauf entgegensäuselnde Nachtluft, des bei abnehmendem Wasser sich senkenden Eises ernsthafter Donner, unserer eigenen Bewegungen sonderbarer Nachhall, vergegenwärtigten uns Ossiansche Szenen ganz vollkommen. Bald dieser, bald jener Freund ließ in deklamatorischem Halbgesange eine Klopstockische Ode ertönen, und wenn wir uns im Dämmerlichte zusammenfanden, erscholl das ungeheuchelte Lob des Stifters unserer Freuden:

Und sollte der unsterblich nicht sein,
Der Gesundheit uns und Freuden erfand,
Die das Roß mutig im Lauf niemals gab,
Welche der Ball selber nicht hat?
Dichtung und Wahrheit III 12; FA 14, 568f.

Worum dreht sich das Gespräch bei der persönlichen Begegnung mit Klopstock?

Von poetischen und literarischen Dingen hörte man ihn [Klopstock] selten sprechen. Da er aber an mir und meinen Freunden leidenschaftliche Schlittschuhläufer fand, so unterhielt er sich mit uns weitläufig über diese edele Kunst, die er gründlich durchdacht und was dabei zu suchen und zu meiden sei, sich wohl überlegt hatte. Ehe wir jedoch seiner geneigten Belehrung teilhaft werden konnten, mußten wir uns gefallen lassen, über den Ausdruck selbst, den wir verfehlten, zurecht gewiesen zu werden. Wir sprachen nämlich auf gut Oberdeutsch von Schlittschuhen, welches er durchaus nichr wollte gelten lassen: denn das Wort komme keineswegs von Schlitten, als

> wenn man auf kleinen Kufen dahinführe sondern von Schreiten, indem man den Homerischen Göttern gleich, auf diesen geflügelten Sohlen über das zum Boden gewordene Meer hinschritte.
>
> *Dichtung und Wahrheit III 15; FA 14, 710f.*

So göttergleich fühlte Goethe sich auf dem Eis. Manchmal allerdings auch nicht, wie er Johanna Fahlmer am 2. Januar 1773 gestand:

> Heut war Eis Hochzeitstag! Es musste gehn, es krachte, und bog sich, und quoll, und finaliter brachs, und der Hr. Ritter pattelten sich heraus wie eine Sau.

Nach Wetzlar schreibt er an Lotte Buffs Bräutigam:

> Zur Hochzeit komm ich nicht, aber nachher solls Leben angehn [...] und über das alles Schlittschuh Bahn herrlich, wo ich die Sonne gestern herauf und hinab mit Kreistänzen geehret habe. Und noch andere Süjets der Freude die ich nicht sagen kann. Darüber lasst euch wohl seyn, dass ich fast so glücklich bin als Leute die sich lieben wie ihr, dass eben so viel Hoffnung in mir ist als in liebenden [...] es grüsen euch meine Götter. [...] der Bote Merkurius, der Freude hat an den schnellen, und mir gestern unter die Füse band seine göttlichen Solen, die schönen, goldnen, die ihn tragen über das unfruchtbare Meer und die unendliche Erde, mit dem Hauch des Windes.
>
> *An Johann Christian Kestner, 5. Februar 1773.*

Im Sommer kann er den ›Schlittschuhtanz‹ kaum abwarten:

> Es ist Sommer, lieber Freund, und das ist keine Jahreszeit der Vertraulichkeit und Geselligkeit. Das eine lauft da, das andere dort hin [...] Wann wirst du wiederkommen wohltätiger Winter, die Wasser befestigen daß wir unsern Schlittschuhtanz wieder anfangen! Wann wirst du unsere Mädgen wieder in die Stuben iagen, dass wir uns an ihnen wärmen, wenn Schnee und Reif die Extremitäten unseres Körpers erstarrt haben.
>
> *An Leutnant Demars in Neu-Breisach, Juli 1773.*

Wie sehr Goethe sich in der warmen Jahreszeit schon aufs Eislaufen freute, verrät auch das Gedicht *Der Musensohn* (Entstehungszeit unbekannt; *FA 1, 644*):

> [...] Und kommt der Winter wieder,
> Sing' ich noch jenen Traum.
> Ich sing' ihn in die Weite,
> Auf Eises Läng' und Breite,
> Da blüht der Winter schön! [...]

Dichtung und Wahrheit (*FA 14, 737f.*) überliefert die hübsche Episode vom Januar 1774:

> Ein sehr harter Winter hatte den Main völlig mit Eis bedeckt und in einen festen Boden verwandelt. Der lebhafteste, notwendige und lustig gesellige Verkehr regte sich auf dem Eise. Grenzenlose Schrittschuhbahnen, glattgefrorne weite Stellen wimmelten von bewegter Versammlung. Ich fehlte nicht vom frühen Morgen an und war also, wie späterhin meine Mutter, dem Schauspiel zuzusehen, angefahren kam, als leichtgekleidet wirklich durchgefroren. Sie saß im Wagen in ihrem roten Sammetpelze, der auf der Brust mit starken goldnen Schnüren

und Quasten zusammengehalten, ganz stattlich aussah. Geben Sie mir, liebe Mutter, ihren Pelz! rief ich aus dem Stegreife, ohne mich weiter besonnen zu haben, mich friert grimmig. Auch sie bedachte nichts weiter; im Augenblicke hatte ich den Pelz an, der, purpurfarb, bis an die Waden reichend, mit Zobel verbrämt, mit Gold geschmückt, zu der braunen Pelzmütze die ich trug, gar nicht übel kleidete. So fuhr ich sorglos auf und ab; auch war das Gedränge so groß, daß man die seltene Erscheinung nicht einmal sonderlich bemerkte, obschon einigermaßen: denn man rechnete sie mir später unter meinen Anomalien im Ernst und Scherze wohl einmal wieder vor.

Dichtung und Wahrheit IV 16; FA 14, 737 f.

In dem Bettina Brentano zu verdankenden Bericht der Mutter Goethes liest sich das so (*GG 152*):

… da schleift mein Sohn herum wie ein Pfeil zwischen den andern durch, die Luft hatte ihm die Backen rot gemacht, und der Puder war aus seinen braunen Haaren geflogen; wie er nun den karmesinroten Pelz sieht, kommt er herbei an die Kutsch und lacht mich ganz freundlich an. – Nun was willst Du? Sag ich. Ei Mutter, Sie hat ja doch nicht kalt im Wagen, geb Sie mir ihren Sammetrock! – Du wirst ihn doch nit gar anziehen wollen? – Freilich will ich ihn anziehen. Ich zieh halt meinen prächtig warmen Rock aus, er zieht ihn an, schlägt die Schleppe über den Arm, und da fährt er hin, wie ein Göttersohn auf dem Eis. Bettine, wenn Du ihn gesehen hättest!! – So was Schönes gibt's nicht mehr. – Ich klatschte in die Hände vor Lust! Mein Lebtag seh ich noch, wie er dem einen Brückenbogen hinaus und dem

> andern wieder herein lief, und wie da der Wind ihm den Schlepp lang hinten nach trug.

Kurz danach schrieb Goethe selber Anfang Februar 1774 an Betty Jacobi:

> Eine mächtige Kälte zieht durchs Fenster bis hierher an mein Herz, zu tausendfacher Ergözung. Ein groser Wiesenplan draussen ist überschwemmt und gefroren. Gestern trugs noch nicht, heut wird gewagt. Vor zehn Tagen ohngefähr waren unsere Damen hinausgefahren unsren Pantomimischen tanz mit anzusehen. Da haben wir uns prästirt. Gleich darauf thaut es, und iezt wieder Frost. Halleluja! Amen!

Aus dem damaligen oder dem nächsten Winter stammt (*FA 1,206*):

EIS-LEBENS-LIED

Sorglos über die Fläche weg
Wo vom kühnsten Wager die Bahn
Dir nicht vorgegraben du siehst
Mache dir selber Bahn! –
Stille Liebgen mein Herz
Krachts gleich brichts doch nicht,
Brichts gleich, bricht's nicht mit dir.

Ein Brief von Mitte November 1774 an Johannes Lorenz Böckmann zeigt, wieviel Mühe sich der eislaufsüchtige Goethe dies Vergnügen kosten ließ:

> Ich komme vom Eis [...] Ich bin sehr müde; ich habe Bahn gemacht, gekehrt mit den Meinigen [...] Martini Abend hatten wir das erste Eis, und vom Sonntag auf den Montag Nachts fror es so stark, daß ein kleiner Teich, der sehr flach vor der Stadt liegt, trug. Das entdeckten Zwey Morgens, verkündigten mirs, da ich sogleich mittags hinauszog, Besitz davon nahm, den Schnee wegkehren, die hindernden Schilfe abstosen lies, durch ungebahnte Wege durchsezzte, da mir denn die anderen mit Schaufel und Besen folgten und ich selbst nicht wenig Hand anlegte, und so hatten wir in wenig Stunden den Teich umkreiset und durchkreuzt. Und wie weh thats uns, als wir ihn bey unfreundlicher Nacht verlassen mussten. [...] Haben Sie meine Schrittschue machen lassen? ich habe niemand finden können, dem ich die Verfertigung hätte anvertraut.

Als Selbstbiograph versäumt Goethe nicht zu erwähnen, daß er im Dezember 1774 auch seine Schlittschuhe nach Maynz mitnahm, als Carl August von Sachsen-Weimar ihn dorthin einlud:

> Die wenigen Tage des Maynzer Aufenthalts verstrichen sehr angenehm: denn wenn die neuen Gönner [die Weimarer Prinzen] durch Visiten und Gastmähler außer dem Hause gehalten wurden, blieb ich bei den Ihrigen, portraitierte manchen und fuhr wohl auch Schlittschuh, wozu die eingefrornen Festungsgraben die beste Gelegenheit verschafften.
>
> *Dichtung und Wahrheit IV 15; FA 14, 707.*

Frohlockend heißt es in einem Brief an den Klopstock-Jünger H. Chr. Boie vom 23. Dezember 1774 aus Frankfurt:

> Es ist wieder Eis Bahn, adieu ihr Musen, oder mit hinaus auf die Bahn, wohin ihr Klopstocken folgtet.

Im Weimar wurde durch Goethe das Eislaufen als »eine permanente Winterlustbarkeit« eingeführt. Er selbst bewegte sich in wechselnder Gesellschaft Mitte Dezember 1775 gern »den ganzen Tag auf dem Eis« (an J. G. v. Zimmermann). Am 21./22. Dezember 1775 berichtet Goethe an Lavater: »Nach einem herrlichen Wintertag, den ich meist in freyer Luft Morgens mit dem Herzog, Nach Mittag mit Wielanden zugebracht habe, ziemlich müd und ausgelüftet von der Eisfahrt siz ich bey Wieland ...« Welche exorbitante Rolle die ›Eislust‹ im ersten Weimarer Winter spielte, zeigt ein Brief an Herzog Carl August vom 24. Dezember 1775 aus Waldeck:

> Unser Bote ist noch nicht da, der Schrittschuhe mitbringt, ihm sind tausend Flüche entgegen geschickt worden, wir sind in der Gegend herumgekrochen und geschlichen [...] Der Bote ist da, und nun aufs Eis. Seegen zum Morgen und mahlzeit, lieber gnädger Herr – – Die Schrittschue sind vergessen, ich habe gestrampft und geflucht, und eine Viertelstunde am Fenster gestanden und gemault, nun laben sie mich mit der Hoffnung, es käm noch ein Bote nach, muß also ohne geschritten zu Tische – Abends viere. Sind gekommen, habe gefahren und mir ists wohl.

Alle Mitglieder der herzoglichen Familie lernten sich auf dem Eis bewegen, mit besonderer Grazie die junge Herzogin Luise, gefolgt von der übrigen Hofgesellschaft, während sich in Berlin erst hundert Jahre später Angehörige des Hofes am Eislauf beteiligten. In Weimar wurde sogar gelegentlich auf dem Schwanensee Tafel gehalten. (*Tagebuch*, 17. Januar 1777: »Früh aufm Eis. Draus gessen.«; 18. Januar: »Aufm Eis alles draus gessen die Gesellsch.« etc.) Herrliche Wintertage verbrachte man »meist in freier Luft«. Der 1776 nach Weimar berufene Hofprediger und Oberkonsistorialrat Herder mit seiner Frau beteiligten sich gleichfalls, was einige Schocks in der Gemeinde auslöste, dann aber beispielgebend wirkte auf andere seriöse Bürger und Gelehrte. Goethes Tagebücher und Briefe geben einen Einblick, wie wichtig diese Winterfreuden auch in den folgenden Jahren für ihn waren. Man ahnt die körperlich und seelisch wohltuende Wirkung des Eislaufs als Ausgleich zu den enormen beruflichen Anspannungen, und das musisch Beschwingende, was Goethe dabei empfand:

> Diese Woche viel auf dem Eis, in immer gleicher fast zu reiner Stimmung. Schöne Aufklärung über mich selbst [...] Vorahndung der Weisheit.
>
> *Tagebuch, Anfang Februar 1778.*

> Heute ist Conseil also bin ich von allen dichtrischen und Eisfreuden getrennt.
>
> *An Charlotte von Stein, 9. Januar 1781.*

»Eine sehr schöne Eisbahn bei dem herrlichen Wetter hat mich abgehalten, Ihnen diese Tage zu schreiben«, gesteht noch der 47jährige Goethe dem Freunde Schiller im Dezember 1796. Damals entstand als Schluß der *Vier Jahreszeiten* das große Eislaufgedicht (*FA* 2, 247):

WINTER

Wasser ist Körper und Boden der Fluß. Das neuste Theater | Tut, in der Sonne Glanz, zwischen den Ufern sich auf. | Wahrlich, es scheint nur ein Traum! Bedeutende Bilder des Lebens | Schweben, lieblich und ernst, über die Fläche dahin. | Eingefroren sahen wir so Jahrhunderte starren, | Menschengefühl und Vernunft schlich nur verborgen am Grund. | Nur die Fläche bestimmt die kreisenden Bahnen des Lebens; | Ist sie glatt, so vergißt Jeder die nahe Gefahr. | Alle streben und eilen und suchen und fliehen einander, | Aber Alle beschränkt freundlich die glättere Bahn. | Durch einander gleiten sie her, die Schüler und Meister, | Und das gewöhnliche Volk, das in der Mitte sich hält. | Jeder zeigt hier, was er vermag; nicht Lob und nicht Tadel | Hielte Diesen zurück, förderte Jenen zum Ziel. | Euch, Präconen des Pfuschers, des Meisters Verkleinerer wünscht' ich, Mit ohnmächtiger Wut, stumm hier am Ufer zu sehn. | Lehrling, du schwankest und zauderst, und scheuest die glättere Fläche. | Nur gelassen! Du wirst einst noch die Freude der Bahn. | Willst du schon zierlich erscheinen! Und bist nicht sicher. Vergebens! | Nur aus vollendeter Kraft blicket die Anmut hervor. | Fallen ist der Sterblichen Los. So fällt hier der Schüler, | Wie der Meister; doch stürzt dieser gefährlicher hin. | Stürzt der rüstigste Läufer der Bahn, so lacht man am Ufer; | Wie man bei Bier und Tabak über Besiegte sich hebt. | Gleite fröhlich dahin, gib Rat dem werdenden Schüler, | Freue des Meisters dich, und so genieße des Tags. | Siehe, schon nahet der Frühling; das strömende Wasser verzehret | Unten, der sanftere Blick oben der Sonne, das Eis. | Dieses Geschlecht ist hinweg, zerstreut die bunte Gesellschaft; | Schiffern und Fischern gehört wieder die wallende Flut. | Schwimme, du mächtige Scholle, nur hin! Und kommst du als Scholl | Nicht hinunter, du kommst doch wohl als Tropfen ins Meer.

Erst als 50jähriger gab Goethe das Eislaufen auf, nicht jedoch seine Teilnahme am Treiben der Jüngeren. Als Carl August das Schlittschuhlaufen seiner Enkelinnen erwähnt, antwortet Goethe am 2. März 1820: »Den lieben Kleinen gratuliere zur gesunden Bewegung.« Im Spätwerk verherrlichen die *Wanderjahre II 5* auf unvergleichliche Weise die ›Eislust‹ (*FA 10, 482 f.*).

Das hat die Eislust vor allen andern körperlichen Bewegungen voraus, daß die Anstrengung nicht erhitzt und die Dauer nicht ermüdet. Sämtliche Glieder scheinen gelenker zu werden und jedes Verwenden der Kraft neue Kräfte zu erzeugen, so daß zuletzt eine selig bewegte Ruhe über uns kommt, in der wir uns zu wiegen immerfort gelockt sind.

Der Himmel klärte sich auf, eine gewaltige Kälte, der Jahreszeit gemäß, trat ein, die Wasser gefroren ehe sie verlaufen konnten. Da veränderte sich das Schauspiel der Welt vor allen Augen auf einmal; was durch Fluten erst getrennt war hing nunmehr durch befestigten Boden zusammen, und alsobald tat sich als erwünschte Vermittlerin die schöne Kunst hervor welche die ersten raschen Wintertage zu verherrlichen und neues Leben in das Erstarrte zu bringen im hohen Norden erfunden worden. Die Rüstkammer öffnete sich, jedermann suchte nach seinen gezeichneten Stahlschuhen, begierig die reine glatte Fläche, selbst mit einiger Gefahr, als der Erste zu beschreiten. Unter den Hausgenossen fanden sich viele zu höchster Leichtigkeit Geübte [...] Hilarie [...] bewies sich so lieblich als kräftig auf dem neu erschaffenen Boden; man bewegte sich lustig und lustiger bald zusammen, bald einzeln, bald getrennt, bald vereint. Scheiden und meiden, was sonst so schwer auf's Herz fällt, ward hier zum kleinen scherzhaften Frevel, man floh sich um sich einander augenblicks wieder zu finden [...] Heute nun konnte sich unser junges Paar von dem glatten Boden nicht loslösen, jeder Lauf gegen das erleuchtete Schloß, wo sich schon viele Gesellschaft versammelte, ward plötzlich umgewendet und eine Rückkehr in's Weite beliebt, man mochte sich nicht von einander entfernen aus Furcht sich zu verlieren, man faßte sich bei der Hand um der Gegenwart ganz gewiß zu sein. Am allersüßesten aber schien die Bewegung, wenn über den Schultern die Arme verschränkt ruhten und die zierlichen Finger unbewußt in beiderseitigen Locken spielten [...] sie fühlten sich beide in einem festlich behäglichen Zustande.

* * *

Zu Goethes Winterfreuden gehörte auch das Schlittenfahren, von dem Diem (S. 273) festgestellt hat, daß es in Goethes Tagebüchern und Briefen an die 120 mal erwähnt wird, und zwar seit 1765 fast alle Winter bis zu Goethes 82. Lebensjahr. Alle diese Erwähnungen bestätigen Goethes Verse:

Und kommen die weißen Flockenscharen,
Da lieb ich mir das Schlittenfahren.
Der Narr epilogiert; Epigrammatisch. 1827; FA 2, 540.

Schon in Goethes Kindheit gab es die Knabenschlitten zum Herabrutschen von kleinen Hängen. Den Enkelkindern beim Herumrutschen auf Schnee und Eis zuzusehen freute ihn noch als Großvater. Dann gab es die sesselartigen Eisschlitten, auf denen Damen und ältere Personen sich von Schlittschuhläufern spazierenfahren ließen. Eine größere Rolle noch spielten am Weimarer Hof die sog. Herrenschlitten, ein-, zwei- oder mehrspännig von Pferden gezogene, mit Schlittenkufen versehene Wagen für winterliche Lustpartien, wobei zur Erhöhung des Vergnügens den Pferden Schellen ans Geschirr gehängt war als Schlittengeläut. Die vom Herzog gewünschten, vom Oberstallmeister angeführten höfischen Schlittenpartien zu den Schlössern Ettersburg, Belvedere oder Tiefurt waren Winterfeste, Redouten, Maskenbälle, an deren Gestaltung Goethe maßgeblich mitwirkte. Die Schlitten konnten die Form von Hirschen, Pferden, Schwänen, Meerjungfern usw. haben; alles war lustig herausgeputzt und phantasievoll kostümiert: Damen, Herren, Pferde, die blasenden Postillone und die aus den herzoglichen Husaren rekrutierten Vorreiter. Auf einen solchen Vorreiter beziehen sich die vielleicht einen Kostümentwurf begleitenden Verse (*FA 1,257*):

Der Reiter kommt auf weichem Grund geritten,
Und gibt sein steif Persönchen uns zum Besten.
Willkommen sei er bei den Winterfesten,
Der schönsten Dame reit' er vor dem Schlitten.

Jahrzehnte später sagte Goethe gelegentlich einer Fahrt nach Ettersburg zu Eckermann (27. September 1827):

Wir haben [...] in frühster Zeit hier manchen guten Tag gehabt und manchen guten Tag vertan. Wir waren alle

> jung und voll Übermut und es fehlte uns im Sommer nicht an allerlei improvisiertem Komödienspiel und im Winter nicht an allerlei Tanz und Schlittenfahrten mit Fackeln.

Außer solchen als Winterfeste arrangierten Hofschlittenpartien gab es private Spazierfahrten in Schlitten, wie Goethe einen um 1799 anschaffte, um auch im Winter in Begleitung von Freunden oder Familienmitgliedern in die nähere und weitere Umgebung fahren zu können; z. B. verzeichnet das Tagebuch vom 7. Februar 1799: »Früh nach 11 Uhr von Weimar nach Jena mit Schiller im Schlitten.« Auch auswärtige Gäste lud Goethe gern zu solchen Schlittenfahrten ein: »Wir gehen in unsrem Wesen fort und zu diesem Gehen gehört auch das Schlittenfahren, obgleich andere sich daraus ein Bedenken machen«, schrieb er am 14. Januar 1814 an seinen Sohn.

* * *

Ähnliche Lebenskunst wie als Eisläufer bewies Goethe als Tänzer. Sein aus Bewegungslust und Spielfreude entspringendes Vergnügen am Tanz geht aus Briefen und am schönsten aus zahlreichen Dichtungen hervor. Auch in Berichten von Freunden und Bekannten ist oft davon die Rede. Ursprüngliche Tanzbegabung zeigte sich schon in Goethes Kindheit, als er die ersten Lektionen zusammen mit seiner Schwester vom Vater erhielt, worüber *Dichtung und Wahrheit II 9* (*FA 14, 424*) berichtet:

> Von früher Jugend an hatte mir und meiner Schwester der Vater selbst im Tanzen Unterricht gegeben, welches einen so ersthaften Mann wunderlich genug hätte kleiden sollen; allein er ließ sich auch dabei nicht aus der Fassung bringen, unterwies uns auf das bestimmteste in

> den Positionen ud Schritten, und als er uns weit genug gebracht hatte, um eine Menuet zu tanzen, so blies er auf einer Flute-douce uns etwas Faßliches im Dreiviertel-Takt vor, und wir bewegten uns darnach so gut wir konnten. Auf dem französischen Theater hatte ich gleichfalls von Jugend auf wo nicht Ballette, doch Solo's und Pas-de-deux gesehn und mir davon mancherlei wunderliche Bewegungen der Füße und allerlei Sprünge gemerkt. Wenn wir nun der Menuet genug hatte, so ersuchte ich den Vater um andere Tanzmusiken, dergleichen die Notenbücher in ihren Giguen und Murkis reichlich darboten; und ich erfand mir sogleich die Schritte und übrigen Bewegungen dazu, indem der Takt meinen Gliedern ganz gemäß und mit denselben geboren war. Dies belustigte meinen Vater bis auf einen gewissen Grad, ja er machte sich und uns manchmal den Spaß, die Affen tanzen zu lassen. Nach meinem Unfall mit Gretchen und während meines ganzen Aufenthalts in Leipzig kam ich nicht wieder auf den Plan; vielmehr weiß ich noch, daß, als man mich auf einem Balle zu einer Menuet nötigte, Takt und Bewegung aus meinen Gliedern gewichen schien.

In Straßburg, im Elsaß, wo das Ohr »jeden Tag, jede Stunde« ans Tanzen erinnert wird, regte sich *Dichtung und Wahrheit II 9* zufolge auch die Taktfähigkeit seiner Glieder mit der übrigen Lebenslust (*FA 14, 425 f.*):

> An Sonn- und Werkeltagen schlenderte man keinen Lustort vorbei, ohne daselbst einen fröhlichen Haufen zum Tanze versammelt, und zwar meistens im Kreise drehend zu finden. Ingleichen waren auf den Landhäusern Privat-Bälle, und man sprach schon von den brillanten Redouten des zukommenden Winters. Hier wäre ich nun frei-

lich nicht an meinem Platz und der Gesellschaft unnütz gewesen; da riet mir ein Freund, der sehr gut walzte, mich erst in minder guten Gesellschaften zu üben, damit ich hernach in der besten etwas gelten könnte. Er brachte mich zu einem Tanzmeister, der für geschickt bekannt war [...] Den Unterricht dieses Lehrers erleichterte jedoch ein Umstand gar sehr: er hatte nämlich zwei Töchter, beide hübsch und noch unter zwanzig Jahren. Von Jugend auf in dieser Kunst unterrichtet zeigten sie sich darin sehr gewandt und hätten als Moitié auch dem ungeschicktesten Scholaren bald zu einiger Bildung verhelfen können. Sie waren beide sehr artig, sprachen nur französisch, und ich nahm mich von meiner Seite zusammen, um vor ihnen nicht linkisch und lächerlich zu erscheinen. Ich hatte das Glück, daß auch sie mich lobten, immer willig waren, nach der kleinen Geige des Vaters eine Menuett zu tanzen, ja sogar, was ihnen freilich beschwerlicher ward, mir nach und nach das Walzen und Drehen einzulernen.

Dichtung und Wahrheit II 9; FA 14, 424 ff.

Mit zwei werten Freunden und Tischgenossen, *Engelbach* und *Weyland*, beide aus dem untern Elsaß gebürtig, begab ich mich zu Pferde nach *Zabern*, wo uns, bei schönem Wetter, der kleine freundliche Ort gar anmutig anlachte. [...] früh den andern Morgen [...] gelangte man allmählich nach Pfalzburg [...] Als wir durch die Straßen wandelten – es war Sonntags früh um Neun – hörten wir Musik; man walzte schon im Wirthshause nach Herzenslust, und da sich die Einwohner durch die große Teurung, ja durch die drohende Hungersnot, in ihrem Vergnügen nicht irre machen ließen, so ward auch unser jugendlicher Frohsinn keineswegs getrübt [...]

Dichtung und Wahrheit II 10; FA 12, 452 ff.

Ich war grenzenlos glücklich an Friedrikens Seite [...] Die Hoffnung der Gesellschaft auf Musik wurde endlich befriedigt, sie ließ sich hören und alles eilte zum Tanz. Die Allemanden, das Walzen und Drehen war Anfang, Mittel und Ende. Alle waren zu diesem Nationaltanz aufgewachsen; auch ich machte meinen geheimen Lehrmeisterinen Ehre genug, und Friederike, welche tanzte wie sie ging, sprang und lief, war sehr erfreut an mir einen geübten Partner zu finden [...] es ward bis tief in die Nacht getanzt. [...] Das alles ras'te zusammen in meinem durch Liebe und Leidenschaft, Wein und Tanz aufgeregtem Blute [...]

Dichtung und Wahrheit III 11; FA 14, 502 f.

Getanzt hab ich und die Aelteste [Olivie], Pfingstmontags, von zwei Uhr nach Tisch bis 12 Uhr in der Nacht, an einem fort, ausser einigen Intermezzos von Essen und Trinken. [...] Das ganze mich in das Tanzen versunken.

An J. D. Salzmann, Sesenheim, Juni 1771(?)

Tanzfreude drückte Goethe seit der *Laune des Verliebten* in Versen aus (*8. Auftritt, Vs. 466 ff./Egle; FA 4, 36 f.*):

Ein Mädchen wird bei'm Tanz verschönert, rote Wangen, | Ein Mund, der lächelnd haucht, gesunkne Locken hangen | Um die bewegte Brust, ein sanfter Reiz umzieht | Den Körper tausendfach, wie er im Tanze flieht, | Die vollen Adern glühn, und bei des Körpers Schweben, | Scheint jede Nerve sich lebendiger zu heben. | Die Wollust dies zu sehn, was überwiegt wohl die. | Du gehst nicht mit zum Fest, und fühlst die Rührung nie.

Im *Prometheus*-Fragment von 1773 steht (*FA* 4, 418):

PROMETHEUS
Was hub im Tanze deinen Körper
Leicht auf vom Boden.
PANDORA
Freude!
Wie jedes Glied gerührt vom Sang und Spiel,
Bewegte, regte sich, ich ganz in Melodie
verschwamm.

Besonders tanzfreudig war Goethe in der *Werther*-Epoche:

Das Gespräch fiel auf's Vergnügen am Tanze. Wenn diese Leidenschaft ein Fehler ist, sagte Lotte, so gestehe ich Ihnen gern, ich weiß mir nichts über's Tanzen.
Die Leiden des jungen Werthers, 26. Junius; FA 8, 45.

Wir schlangen uns in Menuets um einander herum [...] Lotte und ihr Tänzer fingen einen Englischen an, und wie wohl mir's war, als sie auch in der Reihe die Figur mit uns anfing, magst du fühlen. Tanzen muß man sie sehen! Siehst du, sie ist so mit ganzem Herzen und mit ganzer Seele dabey, ihr ganzer Körper Eine Harmonie, so sorglos, so unbefangen, als wenn das eigentlich alles wäre, als wenn sie sonst nichts dächte, nichts empfände; und in dem Augenblicke gewiß schwindet alles andere vor ihr. | Ich bat sie um den zweyten Contretanz; sie sagte mir den dritten zu und mit der liebenswürdigsten Freymütigkeit von der Welt versicherte sie mich, daß sie herzlich gern Deutsch tanze [...] ich habe im Englischen gesehen daß Sie gut walzen [...] Nun ging's an! und wir ergetzten uns eine Weile an mannichfaltigen Schlingungen der Arme. Mit welchem Reize, mit welcher Flüchtigkeit bewegte sie sich! und da wir nun gar an's Walzen kamen und wie die Sphären um einander herumrollten, ging's freylich anfangs, weil's die wenigsten können, ein bißchen bunt durch einander. Wir waren klug und ließen sie austoben, und als die ungeschicktesten den Plan geräumt hatten, fielen wir ein, und hielten mit noch einem Paare [...] wacker aus. Nie ist mir's so leicht vom Flecke gegangen. Ich war kein Mensch mehr. Das liebenswürdigste Geschöpf in den Armen zu haben und mit ihr herum zu fliegen wie Wetter, daß alles rings umher verging ...

Die Leiden des jungen Werthers, 26 Junius; FA 8, 47-49.

Eine bisher nicht identifizierte Tanzpartnerin des Jahres 1774 inspirierte den jungen Goethe zu einem Gedicht, das die älteste Handschrift *Auf Christianen R.* betitelt und 1776 ohne Überschrift im *Teutschen Merkur* erschien. Für die *Schriften* von 1789 gab Goethe ihm den Titel *Taumel*, doch verhinderte damals Caroline Herder die Veröffentlichung. Erst 1815 erschienen die für damalige Zeiten gewagten Verse unter dem Titel *Christel*. Die dritte Strophe lautet (*FA 1*, 222):

Und wenn ich sie dann fassen darf
Im lüftgen deutschen Tanz,
Das geht herum das geht so scharf,
Da fühl ich mich so ganz.
Und wenn's ihr tummlig wird und warm
Da wieg ich sie sogleich
An meiner Brust in meinem Arm;
Ist mir ein Königreich.

Aus der Zeit der Liebe zu Lili stammen die folgenden Briefe:

Wenn Sie sich, meine liebe, einen Goethe vorstellen können, der im galonirten Rock, sonst von Kopf zu Fuse auch in leidlich konsistenter Galanterie, umleuchtet vom unbedeutenden Prachtglanze der Wandleuchter und Kronenleuchter, mitten unter allerley Leuten, von ein Paar schönen Augen am Spieltische gehalten wird, der in abwechselnder Zerstreuung aus der Gesellschaft, ins Conzert, und von da auf den Ball getrieben wird, und mit allem Interesse des Leichtsinns, einer niedlichen Blondine den Hof macht; so haben Sie den gegenwärtigen Fassnachts Goethe.

An Auguste Gräfin zu Stolberg, Frankfurt
13. Februar 1775.

Hernach bin ich auch so ein Fassnachts Goethe in Schwarm und Saus.

An Sophie von La Roche, Frankfurt
17. Februar 1775.

Sie rathen nicht was mich beschäfftigt, eine Maske, auf kommenden Dienstag, wo wir Ball haben [...] meine Masque wird eine altdeutsche Tracht, schwarz und Gelb, Pumphose, Wämslein, Mantel und Federstuzhut. Ach wie danck ich Gott daß er mir diese Puppe auf die paar Tage gegeben hatt, wenns so lang währt. | halb viere. In Brunnen gefallen wie ichs ahndete, meine Masque wird nicht gemacht. Lili kommt nicht auf den Bal.

An Auguste Gräfin zu Stolberg, Frankfurt
15. September 1775.

Goethe ist jetzo lustig und munter in Gesellschaften, geht auf Bälle und tanzt wie rasend!

G. M. Kraus an Bertuch, Frankfurt 5. März 1775; GG 246.

In Weimar war Goethe den zeitgenössischen Berichten zufolge auch als Tänzer »der Erste«. Seine Tagebuchnotizen sind meist zu kurz, um genauere Vorstellungen zu vermitteln, z.B. »Nachts Bal« (25. November 1776); »Nach der Kirche Schlitten gefahren ums Wehbicht. [...] getanzt biss Mitternacht und sehr vergnügt« (29. Dezember 1776); »Nach Ottersb. getanzt« (24. April 1777) etc. etc. Manche solcher Eintragungen lassen sich durch Zufallsüberlieferungen ergänzen. Goethe genoß jedenfalls die verschiedenartigsten Tanzveranstaltungen, sei es auf den Schlössern der Hofgesellschaft bei repräsentativen Bällen und den von ihm selbst entworfenen Redouten und Maskenfesten, sei es auf thüringischen Dörfern mit Bauernmädchen als Partnerinnen: Am 1. September 1777 z.B. war er in Stützerbach, worüber das Tagebuch meldet: »den Morgen bis Nachm 3 auf der Jagd [...] nach Tische mit den Bauermaidels getanzt [...] ausgelassen toll bis gegen 1 Nachts«. Anschließend an die dörfliche Tanzerei notierte Goethe (*FA 1, 1070*):

Das Rad der Unterröcke Die roten Strümpfe Wenn einem der Wind der schwingenden Unterröcke unter die Nase geht. Das mäulgen ziehen, rümpfen Augen niederschlagen der Mägdlein die den Schwanz spüren. Hosenknopf. Auf Wollsack reiten Stampfen daß die Dielen donnern klatschen im Tanz eigen toll reiner Takt. Jucksen. Zwischen zwei Mi[seln?] Zwei Partien.

Diese Reminiszensen stehen auf der Rückseite eines Blattes mit den damals entstandenen Versen (*ebd. 385*):

Was ist der Himmel, was ist die Welt
Als das, wofür eben einer sie hält?
Was hilft euch alle Herrlichkeit
Ohne Seelen-Behaglichkeit?
Und ohne des Leibes Liebesleben
Was hilft euch alles Streiten und Streben …

Vermutlich für eine Festivität bei Hofe dichtete Goethe das aus dem ersten Weimarer Jahrzehnt stammende *Wechsel-Lied zum Tanze (FA I 1, 280f.):*

DIE GLEICHGÜLTIGEN
Komm mit, o Schöne, komm mit mir zum Tanze;
Tanzen gehöret zum festlichen Tag.
Bist du mein Schatz nicht, so kannst du es werden,
Wirst du es nimmer, so tanzen wir doch.
Komm mit, o Schöne, komm mit mir zum Tanze;
Tanzen verherrlicht den festlichen Tag.

DIE ZÄRTLICHEN
Ohne dich, Liebste, was wären die Feste?
Ohne dich, Süße, was wäre der Tanz?
Wärst du mein Schatz nicht, so möcht' ich nicht tanzen;
Bleibst du es immer, ist Leben ein Fest.
Ohne dich, Liebste, was wären die Feste?
Ohne dich Süße, was wäre der Tanz?

DIE GLEICHGÜLTIGEN
Laß sie nur lieben, und laß du uns tanzen!
Schmachtende Liebe vermeidet den Tanz.

Schlingen wir fröhlich den drehenden Reihen,
Schleichen die andern zum dämmernden Wald.
Laß sie nur lieben, und laß du uns tanzen!
Schmachtende Liebe vermeidet den Tanz.

DIE ZÄRTLICHEN
Laß sie sich drehen, und laß du uns wandeln!
Wandeln der Liebe ist himmlischer Tanz.
Amor, der Nahe, er höret sie spotten,
Rächet sich einmal, und rächet sich bald.
Laß sie sich drehen, und laß du uns wandeln!
Wandeln der Liebe ist himmlischer Tanz.

Aus Italien berichtete Goethe am 30. Juli 1787 den Weimarer Freunden (*FA 15/1, 399*):

Abends war ein kleiner Ball in dem Garten hinter dem Hause, wozu wir auch eingeladen wurden. Ohngeachtet jetzt keine Jahreszeit des Tanzes ist, so war man doch ganz lustig. Die Italiänischen Mäuschen haben ihre Eigentümlichkeiten, vor zehn Jahren hätten einige passieren können, nun ist diese Ader vertrocknet, und es gab mir diese kleine Feierlichkeit kaum so viel Interesse, um sie bis ans Ende auszuhalten.

Die Römer [...] lieben auch in ihren gesellschaftlichen Tänzen einen Ausdruck, der uns übertrieben und affektiert scheinen würde. Niemand wagt leicht zu tanzen, als wer es kunstmäßig gelernt hat; besonders wird der Menuett ganz eigentlich als ein Kunstwerk betrachtet, und nur von wenigen Paaren gleichsam aufgeführt.

Italienische Reise. 2. Römischer Aufenthalt, Carneval; FA 15/1, 547.

Nach der Rückkehr von Italien reizte Goethe als Tänzer die Damen der Gesellschaft zur Kritik. Caroline Herder berichtet am 14. November 1788 (*GG 912*):

> Die Schardt erzählte mir hernach, daß er den Tag vorher auf dem tanzenden Picknick mit keiner gescheiten Frau ein Wort beinah geredet, sondern den Fräuleins nach der Reihe die Hände geküßt, ihnen schöne Sachen gesagt und viel getanzt hätte. Die Kalbin findet das nun abscheulich, daß er die jungen Mädchen auf diese Weise reizt etc.

In Weimar tanzte Goethe nun nicht mehr so viel wie auf Reisen, z. B. in Jena, wo er sich im Kreise der Familie von Ziegesar auf deren Gut Drakendorf äußerst wohl fühlte. Carl August meldet er am 16. November 1788, daß er in Drackendorf gewesen sei, »das Zigesarische Blut zu beschauen«:

> Die großgewachsnen Mädchen haben uns sehr in die Augen gestochen. Die jüngste wird eben konfirmiert und kan die Propheten nicht mercken, die mittelste ist würcklich ein Schatz, die ältste nähert sich schon der Mutter [...] Ich schäme mich vor Ihnen der Studenten Ader nicht, die sich wieder in mir zu beleben anfängt.

Am selben 16. November 1788 schrieb er an Fritz von Stein:

> Ich habe mich recht wohl befunden, auf dem Balle habe ich viel getanzt [...] gestern im Conzert, und so geht es immer fort. Du siehst, daß Jena zum lustigen Leben inspirirt.

Auch bei seinen Kuraufenthalten in Böhmen beteiligte Goethe sich gern an den Tanzveranstaltungen. So berichtete er Christiane, die selber leidenschaftlich gern tanzte, aus Carlsbad am 25. Juli 1795:

> Die nothwendigen Sachen sind hier sehr wohlfeil, am meisten gebe ich aus weil ich wegen der Gesellschaft nicht von Conzerten, Bällen und dergleichen mich ausschließe. Ich sehe viel Menschen und das macht mir viel Vergnügen.

Von Zeit zu Zeit gab es auch in Weimar wieder Tanzveranstaltungen, zu deren Gelingen Goethe beitrug. So schreibt er an Schiller am 28. Febuar 1798:

> Heute nacht haben wir, nach der unvermuthteten Ankunft der gothaischen fürstlichen Jugend, einen Ball aus dem Stegreifen und Suppé um 2 Uhr gehabt, worüber ich denn einen schönen Morgen zum größten Theil verschlief.

Im Jahr 1808 erschien der erste Teil vom *Faust* mit der *Walpurgisnacht*, wo Mephisto, um Faust zu verlocken, sagt (Vs. 4053 f.; *FA 7/1, 174*):

> Man tanzt, man schwatzt, man kocht, man trinkt, man liebt;
> Nun sage mir, wo es was bessers gibt!

Vom selben Jahr stammt eine ironische Äußerung gegenüber Riemer, die sich auf den Carlsbader Kurbetrieb bezieht (2. August 1808; *GG 2718*):

»Hier gibt man« – sagte Goethe – »Konzerte und Bälle,

um wohlthätig zu sein«. Sein Tagebuch vom 29. August 1813 meldet: »Ball auf dem Felsenkeller [...] Bis nach Mitternacht.« – Charakteristisch für die Aufenthalte in den böhmischen Bädern ist Goethes Bericht an den Sohn August vom 8. Juli 1823:

> Marienbad ist beynahe ganz besetzt, am 1. Juli fanden sich 350 namhafte Personen eingezeichnet; gebildete Gesellschaft ist zahlreich, die Art zu leben ungenirt und angenehm. Bezahlte Bälle haben angefangen. Heute ist tanzender Thee bey'm Herzog von Württemberg [...] In Tepl bereitet man ein Fest, und so wird eins dem andern folgen.

Das Tagebuch gibt Einblick, wie aktiv der in die 19jährige Ulrike von Levetzow verliebte 73jährige Goethe 1823 an den Marienbader Tanzveranstaltungen teilnahm, doch vermutlich vor allem als Zuschauer: »Abends Ball bey Serenissimo im klebelsbergischen Hôtel. Blieb man bis 12 Uhr« (17. Juli); »Gegen 7 Uhr zum Ball. Nach Hause gegen 10 Uhr« (20. Juli);. »Später bey Concert und Ball nur kurze Zeit« (23. Juli); »Abends zum Ball aus dem Stegreife. Kleines Abendessen bis Mitternacht. Einige Herren sangen zur Guitarre muntere Lieder mit Chorus« (24. Juli); »Die Frauenzimmer tanzten nach dem Flügel, den Graf Klebelsberg schlug« (26. Juli); »Abends auf den Ball« (27. Juli); »Abends kleine Spiele und Tanz« (28. Juli); »Abends auf den Ball« (30. Juli). Während des letzten Aufenthalts in Carlsbad notiert Goethe im Tagebuch vom 27. August 1823, dem Vorabend seines 74. Geburtstags:

> Graf Zenigeo gab auf Ameliens [v. Levetzow] Neckereyen, einen Tanzthee im Sächsischen Saal, wo man vor-

her sitzend Thee trank und viele Süßigkeiten genoß. Die guten Tänzerinnen und Tänzer, deren nicht viel waren, kamen nicht vom Platze. Mir entstand bey dieser Gelegenheit das Angenehme, daß ich die bedeutenden hier sich noch aufhaltenden Personen kennenlernte […] Zu der Schlußpolonaise forderte mich eine polnische Dame zum Tanz auf, den ich mit ihr herumschlich und mir nach und nach bey'm Damenwechsel die meisten hübschen Kinder in die Hand kamen. Nach 10 Uhr Schicht. Bey'm Abendessen noch lange zusammen.

Wie sehr die tanzende Ulrike v. Levetzow den Dichter bezauberte, zeigen die darauf bezüglichen Verse in der Marienbader *Elegie* (FA 2, 459):

Wie leicht und zierlich, klar und zart gewoben,
Schwebt, Seraph gleich, aus ernster Wolken Chor,
Als glich es ihr, am blauen Äther droben,
Ein schlank Gebild aus lichtem Duft empor:
So sahst du sie in frohem Tanze walten
Die Lieblichste der lieblichsten Gestalten.

Als ein selber nicht mehr Teilnehmender, doch voller Wohlwollen berichtete Goethe in der nächsten Weimarer Ball-Saison der abwesenden Schwiegertochter Ottilie am 18. Januar 1824:

Tableaus und Maskeraden, Pikniks und Bälle lassen die Menschen […] nicht zu sich kommen […] Nun kannst du dir aber was zu Gute thun wenn du vernimmst, daß in allen diesen Fastnachtsnöthen du immer als Hülfsheilige angerufen wirst […] jedermann [borgt] deine Kleider, Bänder und Blumen …

Hier noch einige allgemeinere Betrachtungen Goethes zum Tanzen:

> Doch ebenso magisch sind ja die abwechselnden Tänze auf einer Redoute, wo Stimmung, Bewegung und alles durch das Nachfolgende gleich aufgehoben wird.
>
> *An Johann Heinrich Meyer, 6. Juni 1797.*

> [...] wie mit dem Tanzen. Personen, die gleichen Schritt halten, müssen sich unentbehrlich werden; ein wechselseitiges Wohlwollen muß notwendig daraus entspringen.
>
> *Die Wahlverwandtschaften I 6; FA 8, 319.*

> Wir haben Tänze, die uns im hohen Grade wohl gefallen, weil Dur und Moll in ihnen wechselt, wogegen aber Tänze aus bloßem Dur oder bloßem Moll sogleich ermüden.
>
> *Zu Eckermann, Februar 1827.*

* * *

Ein wichtiger Aspekt seiner Lebenskunst ist Goethes ausgesprochene Kinderliebe, wie sie schon aus seiner Freude am Spielen und Turnen mit Kindern hervorging. Wie Werther waren seinem Herzen »die Kinder am nächsten auf der Erde« (FA 8, 60). Hier seien noch einige Zeugnisse seiner ausgeprägen Liebe zu Kindern angeführt, die von Bekenntnissen, daß ihn der Umgang mit Kindern »froh und jung« mache bis zu Eingeständnissen seiner »großväterlichen Affenliebe« reichen:

> Christus hat Recht, uns auf die Kinder zu weisen, von ihnen kann man leben lernen und selig werden.
>
> *An Charlotte von Stein, 22. September 1781.*

Ja, lieber Wilhelm, meinem Herzen sind die Kinder am nächsten auf der Erde. Wenn ich ihnen zusehe, und in dem kleinen Dinge die Keime aller Tugenden, aller Kräfte sehe, die sie einmal so nöthig brauchen werden; wenn ich in dem Eigensinne künftige Standhaftigkeit und Festigkeit des Charakters, in dem Muthwillen guten Humor und Leichtigkeit, über die Gefahren der Welt hinauszuschlüpfen, erblicke, alles so unverdorben, so ganz! – immer, immer wiederhole ich dann die goldenen Worte des Lehrers der Menschen: Wenn ihr nicht werdet, wie eins von diesen!

Die Leiden des jungen Werthers; FA 8, 60f.

Wer wäre im Stande von der Fülle der Kindheit würdig zu sprechen! Wir können die kleinen Geschöpfe, die vor uns herum wandeln, nicht anders als mit Vergnügen, ja mit Bewunderung ansehen: denn meist versprechen sie mehr als sie halten, und es scheint als wenn die Natur unter andern schelmischen Streichen, die sie uns spielt, auch hier sich ganz besonders vorgesetzt, uns zum Besten zu haben. Die ersten Organe, die sie Kindern mit auf die Welt gibt, sind dem nächsten unmittelbaren Zustande des Geschöpfs gemäß; es bedient sich derselben kunst- und anspruchslos, auf die geschickteste Weise zu den nächsten Zwecken. Das Kind, an und für sich betrachtet, mit seines Gleichen und in Beziehungen die seinen Kräften angemessen sind, scheint so verständig, so vernünftig, daß nichts drüber geht, und zugleich so bequem, heiter und gewandt, daß man keine weitre Bildung für dasselbe wünschen möchte. Wüchsen die Kinder in der Art fort, wie sie sich andeuten, so hätten wir lauter Genies.

Dichtung und Wahrheit I 2; FA 14, 81.

Ihren Friz mit Blumen und Früchten schick ich Ihnen wieder das ist das schönste was mir iezt die Welt hat. Er mag Ihnen unsere Possen und leben erzählen. Adieu.

An Charlotte von Stein, 7. März 1778.

Wenn Sie in Ihrem neuen Quartier sind, wünscht ich, daß Sie einem Knaben [Peter im Baumgarten], für dessen Erziehung ich zu sorgen habe, und der in Ilmenau die Jägerei lernt, einige Aufmerksamkeit widmen. [...] Alles kommt darauf an, ob Sie eine solche Beschäftigung mögen. Wenn ich von mir rechne, der Umgang mit Kindern macht mich froh und jung.

An Johann Friedrich Krafft, 13. Juli 1779.

Wie Kirschen und Beeren behagen,
Mußt du Kinder und Sperlinge fragen.

Sprichwörtlich; FA 2, 400.

Ich war ein Kind [...] Da sah ich Goethe, er streichelte mir das Haar, er lächelte freundlich und schenkte mir ein Körbchen Erdbeeren, das er gerade einem armen, zerlumpten Mädchen abgekauft hatte, für mehr Geld, als es verlangte, wie ich deutlich bemerkte. Von nun an wurde jeder Tag mir zum Fest, an dem ich ihm begegnete; ich sah ihn überall: im Park, im Wald, auf der Straße, zu Haus [...]

Jenny von Pappenheim, Erinnerungen; GG 7270.

DIE LEUTE

Erkläre mir was glücklich heißt?

CRATES

Das nackte Kind das zagt nicht;
Mit seinem Pfennig springt es fort

Und kennt recht gut den Semmelort,
Ich meine des Bäckers Laden.
Die Weisen und die Leut. Gott und Welt; FA 2, 510.

Wenn man sich um der Kinder willen keine Mühe gäbe, wie wärt ihr groß geworden?
Wilhelm Meisters Theatralische Sendung I 1; FA 9, 13 f.

Der Knabe staunt, der Eindruck bestimmt ihn, er lernt spielend, der Ernst überrascht ihn.
Wilh. Meisters Lehrjahre, Lehrbrief, 1. Gruppe; FA 13, 417.

Die Kinder sind ein rechter Probierstein auf Lüge und Wahrheit, es ist ihnen noch gar nicht so sehr wie den Alten um den Selbstbetrug Not.
An Charlotte von Stein, 5. Oktober 1784.

Ich behalte den Kleinen [August] bey mir, er ist so artig als sich nur dencken läßt. Er hat schon vieles gesehen: den Schacht, das Pochwerck, die Porzellanfabrick, die Glashütte, die Mühle worauf die Marmorkugeln zum Spiele der Kinder gemacht werden und überall hat er etwas mitgenommen und spricht gar artig von den Sachen. Dann hält er sich zu allen Leuten und ist schon überall bekannt.
An Christiane Vulpius, 29. August 1795.

Wo Anmaßung mir wohlgefällt?
An Kindern: denen gehört die Welt.
Sprichwörtlich; FA 2, 395.

[...] die schönen Blätter [...] die mir und dem guten Röschen [Scharff, geb. 1806; seit 3 Jahren gelähmt] so große Freude machten [...] so wünschte ich nur, Sie hätten die Rührung und das Erstaunen des guten Kindes gesehen, wie ich sie ihr gab. »Ist dies für mich?« fragte sie ganz verklärt, »ach, dank ihm! dank ihm herzlich, liebe Großmutter, er war immer so gütig gegen mich. Wie er auf der Gerbermühle wohnte [1815], gab er mir immer schöne Devisen [mit gedruckten Sinnsprüchen umwikkelte Süßigkeiten] oder Bonbons, und schlang seinen Arm um mich: »Ich habe an dich gedacht, mein Kind!« sagte er sehr freundlich.« So weiß sie alles treu zu bewahren, was Sie ihr damals gesagt.

Marianne von Willemer an Goethe, Frankfurt, 9. März 1828.

Meine Kinder machen eine Reise und haben mir einen mehr als jährigen Enkel zurückgelassen, den ich mit großväterlicher Affenliebe, die größer als der Eltern seyn soll, für das allerliebste Geschöpf von der Welt halte und wirklich durch seine Gegenwart den leeren weitschichtigen Haus- und Gartenraum für völlig ausgefüllt halte. Die sämmtlichen Beeren reifen für ihn und meine Rückahnung, daß sie mir auch einmal schmeckten, verwandelt sich, wenn ich ihn kosten sehe, in das entschiedene Gefühl, als schmeckten sie mir noch.

An Joseph Carl Mellish, 16. Juni 1819.

Jedem Alter des Menschen antwortet eine gewisse Philosophie; das Kind erscheint als Realist, denn es findet sich so überzeugt von dem Daseyn der Birnen und Äpfel als von dem seinigen [...]

Aphorismen. Nachlaß; FA *13,237.*

[...] so vermelde zugleich, daß die süße und würzhafte Sendung zum Weihnachten glücklich angekommen, woran sich Jung und Alt erlustigen, besonders wenn ich denen im Garten schlittenfahrenden Enkeln aus meinem Fenster dergleichen in den Schoß werfe.

An Jakob von Willemer, Weimar 17. Januar 1822.

Ihr ganz originelles Geschenk [persische Bälle] war mir gleich eine höchstgefällige Augenweide und wird es täglich mehr, da die guten muntern Knaben solche bunte Vögel in dem sonnigen Garten hin und her fliegen lassen. Diese Äpfelchen, wenn man sie in die Hand nimmt, erregen sogleich den Wunsch: Kind zu sein.

An Marianne und Jakob von Willemer, 17. Februar 1825.

Im Garten ging Goethe auf und nieder; seine Enkel kamen hinuntergelaufen, um ihn zu holen. Jubelnd umschlangen sie den Großvater, erzählten, lachten, spielten; er freute sich sichtlich ihrer lieblichen Gegenwart [...]

Jenny von Pappenheim, Erinnerungen; GG 7266.

Daß ein wackerer Enkel eine Familienlücke so glücklich ausfüllt, freut mich gar sehr. Das kleine Volk im zweyten Grade hat etwas eigen Anmuthiges und Gefälliges. Unseres Mädchens [Alma v. Goethe] erster Jahrestag ward heute gefeyert. Es scheint auch recht weiblich einzuschlagen. Sie ist hübsch und mit Eigenheiten genugsam begabt.

An Zelter, 30. Oktober 1828.

In diesen Stunden kamen denn die Süßigkeiten für die guten Enkel wohlgepackt und glücklich an; auch ist schon eine etwas lebhaftere Wahlverwandtschaft der guten Knaben gegen den stillen Großvater merklich; die Pfeffernüsse haben diese zarten Gefühle eingeleitet, die Brenten werden sie verstärken. | Doch wie die Blume nicht verdrießlich seyn darf, daß dem Schmetterling und der Biene bey dem Hof, den sie ihr machen, eigentlich nur um die Süßigkeit Ernst ist, die sie verheimlicht, so darf ich ja wohl auch der freundlichen Gesichter genießen, welche diesen schön geformten und wohlschmeckenden Freundesgaben zunächst gemeynt sind.

An Jakob und Marianne von Willemer,
12. Januar 1829.

Auf dem Frankfurter Weihnachsmarkt werden gewiß solche Kästchen zu haben sein, worin mancherlei Gerätschaften zu Taschenspieler-Künsten mit Anweisung zum Gebrauch beisammen sind. Nun wünschte ein solches, und zwar wie es einem Anfänger, einem Knaben von 12 Jahren, genügen könnte, wohlgepackt, baldigst durch die fahrende Post mit beigelegter, alsogleich zu bezahlender Rechnung zu erhalten.

An Jakob und Marianne von Willemer, Weimar
2. Dezember 1830.

Wölfchen hält sich wie immer ganz nah an dem Großvater, wir frühstücken zusammen, und von da an zieht sich's durch den ganzen Tag durch. [...] Wolf ist klug, wie alle Kinder und alle Menschen, die unmittelbare Zwecke haben. Wenn ich sehe, wo er hinaus will, so mach ich mir einen Spaß, seine Wünsche bald zu hindern, bald zu fördern, wodurch er sich aber in seinem Gange keineswegs irren läßt. Das Mädchen [Alma] ist allerliebst und, als ein ächt gebornes Frauenzimmerchen, schon jetzt incalclabel. Mit dem Großvater im besten und liebevollen Vernehmen, aber doch, als wenn es nichts wäre, ihre Herkömmlichkeiten verfolgend. Anmuthig, indem sie, bey entschiedenem Willen, sich ablenken und beschwichtigen läßt. Übrigens keinen Augenblick ruhig, lärmig, aber leidlich, und mit einigem Scherz gar bald in Ordnung und Zucht gebracht.

An Ulrike von Pogwisch, 18. Juni 1831.

Wenn auch die Welt im Ganzen vorschreitet, die Jugend muß doch immer wieder von vorne anfangen und als Individuum die Epochen der Welt-Kultur durchmachen. Mich irritiert das nicht mehr und ich habe längst einen Vers darauf gemacht, der so lautet:

Johannesfeuer sei unverwehrt,
Die Freude nie verloren!
Besen werden immer stumpf gekehrt
Und Jungens immer geboren.

Ich brauche nur zum Fenster hinauszusehen, um in straßenkehrenden Besen und herumlaufenden Kindern die Symbole der sich ewig abnutzenden und immer sich verjüngenden Welt beständig vor Augen zu haben. Kinderspiele und Jugend-Vergnügungen erhalten sich daher und pflanzen sich von Jahrhundert zu Jahrhundert fort; denn so absurd sie auch einem reiferen Alter erscheinen mögen, Kinder bleiben doch immer Kinder und sind sich zu allen Zeiten ähnlich. Deshalb soll man auch die Johannisfeuer nicht verbieten und den lieben Kindern die Freude daran nicht verderben.

Zu Eckermann, 17. Januar 1827.

Goethes Äußerungen über Kinder zeigen, daß er sich seine innere Jugend bis ins höchste Alter erhielt. Ebenso bezeichnend wie seine Liebe zu Kindern ist seine Freude an jungen Leuten, seine grundsätzlich positive Einstellung gegenüber der Jugend. Es war auch hier die Natur, die Goethes Haltung bestimmte: »Die jungen Leute sind neue Aperçus der Natur.« (*FA 13, 285*) Auf die Natur wies er auch mit pädagogischer Absicht bei Kritik der üblichen Erziehungsmethoden hin. So schrieb er an F. H. Jacobi am 9. September 1788 mit Bezug auf dessen Sohn Georg: »Ein Blatt das groß werden soll, ist voller Runzeln und Knittern, eh es sich entwickelt; wenn man nun nicht Geduld hat und es gleich so glatt haben will wie ein Weidenblatt, dann ist's übel.« Zuversicht und Vertrauen in den Gang der Natur kommt auch in *Dichtung und Wahrheit* zum Ausdruck (*FA 14, 244*): »Indessen darf man die Jugend nur gewähren lassen; nicht sehr lange haftet sie an falschen Maximen; das Leben reißt oder lockt sie bald davon wieder los.« Die *Briefe aus der Schweiz* enthalten ein ähnliches Plädoyer (*FA 16, 20*): »Was bildet man nicht immer an unserer Jugend! Da sollen wir bald diese bald jene Unart ablegen, und doch sind die Unarten meist eben so viel Organe, die dem Menschen durch das Leben helfen.« Noch in hohem Alter argumentiert Goethe stets zugunsten der Jugend, so am 18. Mai 1821 gegenüber dem Kanzler von Müller (*GG 4853*): »Ja, wenn man in der Jugend nicht tolle Streiche machte und mitunter einen Buckel voll Schläge mit hinwegnähme, was wollte man denn im Alter für Betrachtungsstoff haben?«

Für Toleranz gegenüber Jugendlichen plädiert auch die Sammlung *Sprichwörtlich* (*FA 2, 393*):

Laßt mir die jungen Leute nur
Und ergötzt euch an ihren Gaben!
Es will doch Großmama Natur
Manchmal einen närrischen Einfall haben.

Gleichfalls *Zahme Xenien I* (*FA* 2, 625):

»Sag nur, wie trägst du so behäglich
Der tollen Jugend anmaßliches Wesen?«
Fürwahr, sie wären unerträglich,
Wär ich nicht auch unerträglich gewesen.

Ebd. noch eine Sympathiekundgebung (*FA* 2, 625):

Ich hör es gern, wenn auch die Jugend plappert
Das Neue klingt, das Alte klappert.

Stets suchte Goethe jungen Leuten gerecht zu werden:

Wenn man mit der Welt nicht ganz fremd werden will, so muß man die jungen Leute gelten lassen für das was sie sind, und muß es wenigstens mit einigen halten, damit man erfahre was die übrigen treiben.
An Carl Friedrich von Reinhard, 8. Mai 1811.

Für uns ältere ist es immer schwer junge Leute kennen zu lernen, entweder sie verbergen sich vor uns oder wir beurtheilen sie aus unserm Standpunckt.
An Friedrich Heinrich Jacobi, 27. Dezember 1794.

Die Neigung der Jugend zum Geheimniß, zu Ceremonien und großen Worten ist außerordentlich, und oft ein Zeichen einer gewissen Tiefe des Characters. Man will in diesen Jahren sein ganzes Wesen, wenn auch nur dunkel und unbestimmt, ergriffen und berührt fühlen.

Wilhelm Meisters Lehrjahre, Lehrbrief, 2. Gruppe; FA 13, 420f.

[Nach dem Wartburgfest] ob es etwas Schöneres geben könne, als wenn die Jugend aus allen Weltgegenden zusammenkäme, um sich fester für das Gute zu verbünden mit dem Entschlusse, in jeder Lage ihres Lebens alle ihre Kräfte aufzuwenden.

Zu Johanna Frommann, Dezember 1817; GG 4512.

[Nach dem Wartburgfest] Er sagte auch, er täte jetzt nichts als niederschlagende Pülverchen einrühren, damit sie nur seinen lieben jungen Leuten nichts täten, seinen lieben Brauseköpfen.

Zu Johanna Frommann, 15. Dezember 1817; GG 4514.

Ein andermal überfielen wir, eine Schar übermütiger Mädchen, den Dichter zur Abendzeit in seinem Gartenhaus. Wir kamen von Tiefurt und brachten ihm eine Menge Frühlingsblumen. Dabei hatte eine von uns das Unglück, den Gipsabguß einer Venus umzustoßen. Wir wurden blaß vor Schreck, einen Zornausbruch erwartend; die Sünderin selbst brach in Tränen aus. Ein sonniges Leuchten flog jedoch über seine Züge, er drohte mit dem Finger und meinte: »Ei, ei, wer wird um die tote weinen, wo Venus so viel lebende Vertreterinnen hat.«

Jenny von Pappenheim, Erinnerungen; GG 7263.

Es begegnet mir von Zeit zu Zeit ein Jüngling, an dem ich nichts verändert noch gebessert wünschte; nur macht mir bange, daß ich manchen vollkommen geeignet sehe, im Zeitstrom mit fortzuschwimmen; und hier ist's, wo ich immerfort aufmerksam machen möchte, daß dem Menschen in seinem zerbrechlichen Kahn eben deshalb das Ruder in die Hand gegeben ist, damit er nicht der Willkür der Wellen, sondern dem Willen seiner Einsicht Folge leiste.

Aphorismen; FA 13, 133.

[...] die Lebhaftigkeit des Handels, das Durchrauschen des Papiergelds, das Anschwellen der Schulden, um Schulden zu bezahlen, das alles sind die ungeheuern Elemente, auf die gegenwärtig ein junger Mann gesetzt ist. Wohl ihm, wenn er von der Natur mit mäßigem, ruhigem Sinn begabt ist, um weder unverhältnismäßige Forderungen an die Welt zu machen, noch auch von ihr sich bestimmen zu lassen. | Aber in einem jedem Kreise bedroht ihn der Tagesgeist; und nichts ist nöthiger als früh genug ihm die Richtung bemerklich zu machen, wohin sein Wille zu steuern hat.

Aphorismen; FA 13, 134.

Von gesunden Sinnen und Freude am Sinnlichen ist bei ihnen [jungen durchreisenden Gelehrten] keine Spur, alles Jugendgefühl und alle Jugendlust ist bei ihnen ausgetrieben und zwar unwiederbringlich; denn wenn einer in seinem zwanzigsten Jahre nicht jung ist, wie soll er es in seinem vierzigsten sein. [...] sehr viel könnte geschehen von unten, vom Volke, durch Schulen und häusliche Erziehung, sehr viel von oben durch die Herrscher und ihre Nächsten. | So z.B. kann ich nicht billigen, daß man von den studierenden künftigen Staatsdienern gar zu viele theoretisch-gelehrte Kenntnisse verlangt, wodurch die jungen Leute vor der Zeit geistig wie körperlich ruiniert werden. Treten sie nun hierauf in den praktischen Dienst, so [...] kann [das] in dem beschränkten Kreise ihres Berufes gar nicht zur Anwendung kommen und muß daher als unnütz wieder vergessen werden. Dagegen aber, was sie am meisten bedurften, haben sie eingebüßt: Es fehlt ihnen die nötige geistige wie körperliche Energie, die bei einem tüchtigen Auftreten im praktischen Verkehr ganz unerläßlich ist.«

Zu Eckermann, 12. März 1828.

Man wird es den jungen Leuten in den Verhältnissen ihres künftigen Lebens anmerken, daß sie eine glückliche Jugend gehabt haben.

Zu Johanna Frommann, 26. Dezember 1817; GG 4518.

»J'ai passé un temps considérable de ma vie et consacré de fortes sommes à protéger des jeunes gens de la plus haute espérance qui ne sont jamais rien devenus.«

Zu Frédéric Soret, Weimar 21. August 1830; GG 6605.

Jugend ist Trunkenheit ohne Wein.

West-östlicher Divan, Schenkenbuch; FA 3/I, S. 409.

[...] Die Jugend ist um ihretwillen hier
Es wäre törig zu verlangen:
Komm, ältele du mit mir.

Ein alter Mann ist stets ein König Lear!; FA 2, 623.

* * *

Aus dem Aspekt der Lebenskunst lohnt auch ein Blick auf Goethes pädagogische Einsichten:

Lehre tuht viel, aber Aufmunterung tuht alles. Wer unter allen meinen Lehrern hat mich jemals würdig geachtet mich aufzumuntern, als Sie. Entweder ganz getadelt, oder ganz gelobt, und nichts kann Fähigkeiten so sehr niederreissen. Aufmunterung nach dem Tadel, ist Sonne nach dem Reegen, fruchtbaares Gedeyen [...] Sie haben mich gelehrt demütig ohne Niedergeschlagenheit, und stolz ohne Präsumtion zu seyn.

An Adam Friedrich Oeser, 9. November 1768.

Wenn ich vor dir am Feuer saß, und du erzähltest von den Taten alter Zeit, du einen Guten rühmtest, des Edlen Wert erhobst; da glüht' es mir durch Mark und Adern, ich rief in meinem Innersten: O wär' ich der von dem sie spricht!

Elpenor I 2/Elpenor; FA I 5, 299.

Wer viel mit Kindern lebt, wird finden daß keine äußere Einwirkung auf sie ohne Gegenwirkung bleibt. Die Gegenwirkung eines vorzüglich kindlichen Wesens ist sogar leidenschaftlich; das Eingreifen tüchtig. | Deßhalb leben Kinder in Schnellurtheilen, um nicht zu sagen in Vorurtheilen; denn bis das schnell aber einseitig Gefaßte sich auslöscht um einem Allgemeinern Platz zu machen, erfordert es Zeit. Hierauf zu achten ist eine der größten Pflichten des Erziehers.

Sprüche in Miszellen; FA I 13, 367.

Lassen Sie das kleine menschliche Wesen [Prinzessin Auguste] nur erst ein bissgen herankommen. Die Umstände erziehen alle Menschen, und man mache was man will die verändert man nicht. Lassen Sie's aber nie an der väterlichen Sorgfalt mangeln dass wirs nur gesund erhalten, bis es eine Menschenstimme vernimmt, werden wir noch manches drüber zu dencken und zu reden veranlasst werden.

An Herzog Carl August, 8. März 1779.

Die Hofmeister iunger Fürsten die ich kenne vergleiche ich Leuten denen der Lauf eines Bachs in einem Thal anvertraut wäre, es ist ihnen nur drum zu thun daß in dem Raum den sie zu verantworten haben alles fein stille zugehe, sie ziehen Dämme queer vor und stemmen das Wasser zurück, zu einem feinen Teiche, wird der Knabe Majorenn erklärt, so giebts einen Durchbruch und das Wasser schiest mit Gewalt und Schaden seinen Weeg weiter und führt Steine und Schlamm mit fort. Man sollte Wunder dencken was es für ein Strom wäre, bis zulezt der Vorrath ausfliest und ein ieder zum Bache wird, gros oder klein, hell oder trüb wie ihn die Natur hat werden lassen, und er seines gemeinen Weeges fortfliest. Verzeih mir das lange Gleichniß. Gilt es doch auch von der strengen Privaterziehung.

An Charlotte von Stein, 11. April 1782.

Nicht vor Irrtum zu bewahren, ist die Pflicht des Menschenerziehers, sondern den Irrenden leiten, ja ihn seinen Irrtum aus vollen Bechern ausschlurfen zu lassen, das ist Weisheit der Lehrer.

Wilhelm Meisters Lehrjahre VII 9; FA I 9, 873.

Daß sie die Kinder erziehen könnten,
Müßten die Mütter sein wie Enten:

Sie schwämmen mit ihrer Brut in Ruh,
Da gehört aber freilich Wasser dazu.
Sprichwörtlich; FA 2, 392.

Aller Anfang ist heiter, die Schwelle ist der Platz der Erwartung. Der Knabe staunt, der Eindruck bestimmt ihn, er lernt spielend, der Ernst überrascht ihn. Die Nachahmung ist uns angeboren [...]
Wilhelm Meisters Lehrjahre VII 9, Lehrbrief; FA I 9, 874.

Ein Lehrer, der das Gefühl an einer einzigen guten That, an einem einzigen guten Gedicht erwecken kann, leistet mehr als einer der uns ganze Reihen untergeordneter Naturbildungen der Gestalt und dem Namen nach überliefert.
Die Wahlverwandtschaften. Ottiliens Tagebuch; FA I 13, 452.

Es gibt kein äußeres Zeichen der Höflichkeit das nicht einen tiefen sittlichen Grund hätte. Die rechte Erziehung wäre, welche dieses Zeichen und den Grund zugleich überlieferte.
Die Wahlverwandtschaften. Ottiliens Tagebuch; FA I 8, 432.

»Es ist nichts schrecklicher als ein Lehrer, der nicht mehr weiß, als die Schüler allenfalls wissen sollen. Wer andere lehren will, kann wohl oft das Beste verschweigen was er weiß, aber er darf nicht halbwissend sein.«
Wilhelm Meisters Wanderjahre 1829 I 4/Montan; FA I 10, 294.

Jede Art von Tätigkeit möchte das Kind ergreifen, weil alles leicht aussieht, was vortrefflich ausgeübt wird. Aller Anfang ist schwer! Das mag in einem gewissen Sinne wahr sein; allgemeiner aber kann man sagen: aller Anfang ist leicht, und die letzten Stufen werden am schwersten und seltensten erstiegen.

Wilhelm Meisters Wanderjahre 1829 I 4/Montan; FA I 10, 295.

Wer sich mit reiner Erfahrung begnügt und darnach handelt, der hat Wahres genug. Das heranwachsende Kind ist weise in diesem Sinne.

Aphorismen aus Wilhelm Meisters Wanderjahren; FA I 13, 44.

Man könnt' erzogene Kinder gebären,
Wenn die Eltern erzogen wären.

Zahme Xenien V; FA I 2, 659.

Kinder sind die allerbesten Erzieher, denn sie hören williger und aufmerksamer einander zu und reden untereinander eine verständlichere Sprache als wir [...]

Gespräch mit Frédéric Soret, 18. Juli 1824.

Mein August wächst und hat zu gewissen Dingen viel Geschick, zum Schreiben, zu Sprachen, zu allem was angeschaut werden muß, so wie er auch ein sehr gutes Gedächtniß hat. Meine einzige Sorge ist blos das zu cultiviren was wirklich in ihm liegt und alles was er lernt ihn gründlich erlernen zu lassen. Unsere gewöhnliche Erziehung jagt die Kinder ohne Noth nach so viel Seiten hin und ist Schuld an so viel falschen Richtungen die wir an Erwachsnen bemerken. Übrigens will ich ihn nicht von mir lassen und wenn er noch einige Jahre hin hat allenfalls auf eine Reise mitnehmen. Er ist in Frankfurt gewesen und ich schicke ihn in der Gegend auch überall herum.

An Carl Ludwig von Knebel, 17. September 1799.

[...] wir können die Kinder nach unserem Sinne nicht formen;
So wie Gott sie uns gab, so muß man sie haben und lieben,
Sie erziehen aufs beste und jeglichen lassen gewähren.
Denn der eine hat die, die anderen andere Gaben ...

Hermann und Dorothea 3. Gesang, Vers 47 f.

Ich kenne das Pädagogische [...] gut genug, um zu wissen, daß eigentlich hauptsächlich alles darauf ankommt, daß der Mensch einsehen lerne, was ihm fehlt, wodurch er es alsdann gewissermaßen schon erlangt, weil zu der Einsicht des Rechten und Nützlichen sich das Wollen sehr geschwind gesellt.

An Friederike Unzelmann, 14. März 1803.

Fahre so fort, mit heiterem Sinn, auf zwey Dinge zu achten, erstlich, wo die Menschen hinaus wollen? und zweitens wie sie sich deshalb masquiren? Zeige dich nicht allzu behäglich, damit sie dir dein Glück nicht übel nehmen.

An August von Goethe, 14. Januar 1814.

So auch kamen Goethes Enkel *Walter* und *Wolfgang* nach einander gesprungen. Wolf schmiegte sich an den Kanzler. »Hole dem Herrn Kanzler, sagte Goethe, dein Stammbuch und zeige ihm deine Prinzeß und was dir der

Graf Sternberg geschrieben.« Wolf sprang hinauf und kam bald mit dem Buche zurück. Der Kanzler betrachtete das Porträt der Prinzeß mit beigeschriebenen Versen von Goethe. Er durchblätterte das Buch ferner und traf auf *Zelters* Inschrift und las laut heraus:

Lerne gehorchen!

»Das ist doch das einzige vernünftiger Wort, sagte Goethe lachend, was im ganzen Buche steht. Ja, Zelter ist immer grandios und tüchtig!«

Zu Eckermann, 20. Juni 1827.

Die dießmal sehr gesteigerte Feyer des 28. August [...] glaubte ich nicht in der Nähe bestehen zu können. Deshalb verfügte ich mich mit meinen beiden Enkeln nach Ilmenau, um die Geister der Vergangenheit durch die Gegenwart der Herankommenden auf eine gesetzte und gefaßte Weise zu begrüßen. | Die jungen Wesen [...] drangen ohne poetisches Vehikel in die ersten unmittelbaren Zustände der Natur. Sie sahen die Kohlenbrenner an Ort und Stelle, Leute, die das ganze Jahr weder Brot noch Butter noch Bier zu sehen kriegen und nur von Erdäpfeln und Ziegenmilch leben. Andere, wie Holzhauer, Glasbläser, sind in ähnlichem Falle, aber alle heiterer als unser einer, dessen Kahn sich so voll gepackt hat, daß er jeden Augenblick fürchten muß, mit der ganzen Ladung unterzugehen.

An Carl Friedrich von Reinhard, 7. September 1831.

Wie Goethe verfuhr, um Botanik zu lernen und lehren, zeigt sein Aufsatz *Der Verfasser teilt die Geschichte seiner botanischen Studien mit* (FA I 24, 738 f.):

Noch einen größeren Einfluß aber auf meine Belehrung hatte der Enkel Friedrich Gottlieb Dietrich. Als wohlgebauter Jüngling, von regelmäßig angenehmer Gesichtsbildung, schritt er vor, mit frischer Jugendkraft und Lust sich der Pflanzenwelt zu bemeistern; sein glückliches Gedächtnis hielt alle die seltsamen Benennungen fest, und reichte sie ihm jeden Augenblick zum Gebrauche dar; seine Gegenwart sagte mir zu, da ein offner freier Charakter aus Wesen und Tun hervorleuchtete, und so ward ich bewogen auf einer Reise nach Karlsbad [1785] ihn mit mir zu nehmen. | In gebirgigen Gegenden immer zu Fuße brachte er mit eifrigem Spürsinn alles Blühende zusammen, und reichte mir die Ausbeute wo möglich an Ort und Stelle sogleich in den Wagen herein, und rief dabei nach Art eines Herolds die Linnéischen Bezeichnungen, Geschlecht und Art, mit froher Überzeugung aus, manchmal wohl mit falscher Betonung. Hiedurch ward mir ein neues Verhältnis zur freien herrlichen Natur, indem mein Auge ihrer Wunder genoß und mir zugleich wissenschaftliche Bezeichnungen des Einzelnen, gleichsam aus einer fernen Studierstube, in das Ohr drangen. | In Karlsbad selbst war der junge rüstige Mann mit Sonnenaufgang im Gebirge, reichliche Lektionen brachte er mir sodann an den Brunnen, ehe ich noch meine Becher geleert hatte; alle Mitgäste nahmen Teil, die welche sich dieser schönen Wissenschaft befleißigten besonders. Sie sahen ihre Kenntnisse auf das anmutigste angeregt, wenn ein schmucker Landknabe, im kurzen Westchen daher lief, große Bündel von Kräutern und Blumen vorweisend, sie alle mit Namen, griechischen, lateinischen, barbarischen Ursprungs, bezeichnend; ein Phänomen, das bei Männern, auch wohl bei Frauen, vielen Anteil erregte. | Sollte Vorgesagtes dem eigentlich wissenschaftlichen

Manne vielleicht allzu empirisch vorkommen, so melde ich hienächst daß gerade dieses lebhafte Benehmen uns die Gunst und den Anteil eines in diesem Fache schon geübteren Mannes erwerben konnte, eines trefflichen Arztes nämlich, der [...] seinen Badeaufenthalt eigentlich zu botanischen Zwecken zu nutzen gedachte. Er gesellte sich gar bald zu uns, die sich freuten ihm an Handen zu gehen. Die meisten von Dietrich früh eingebrachten Pflanzen trachtete er sorgfältig einzulegen, wo denn der Name hinzugeschrieben und auch sonst manches bemerkt wurde. Hiebei konnt ich nicht anders als gewinnen [...] Hier aber will ich nur kürzlich bemerken, daß der folgende Lebensgang des jungen Dietrich solchen Anfängen gleich blieb; er schritt unermüdet auf dieser Bahn weiter, so daß er, als Schriftsteller rühmlichst bekannt, mit der Doktorwürde geziert, den Großherzoglichen Gärten in Eisenach bis jetzt [1831] mit Eifer und Ehre vorsteht.

Professor Dietrich von Eisenach, alter Zeiten sich erinnernd, wie er im Jahre 1785 mit mir als Ziegenhainer Bauernbursche auf dem Fichtelgebirge sodann in Karlsbad gewesen und wie er von da an seinen Eintritt in die höhere Kultur zu rechnen habe.

Tagebuch, Weimar 2. Mai 1825.

Sein aufs Praktische gerichtetes pädagogisches Talent als Englischlehrer demonstrierte Goethe in Italien:

Sie [die schöne Mailänderin] beklagte sich [...:] »man lehrt uns [Mädchen] nicht schreiben [...] uns in fremden Sprachen zu unterrichten daran wird niemand denken;

ich gäbe alles darum Englisch zu können [...] die ellenlangen Zeitungen da liegen vor mir auf dem Tische, es stehen Nachrichten darin aus der ganzen Welt, wie ich sehe, und ich weiß nicht was sie bringen. | Es ist desto mehr Schade, versetzte ich, da das Englische sich so leicht lernen läßt; Sie müßten es in kurzer Zeit fassen und begreifen. Machen wir gleich einen Versuch, fuhr ich fort, indem ich eins der grenzenlosen Englischen Blätter aufhob, die häufig umherlagen. | Ich blickte schnell hinein und fand einen Artikel: daß ein Frauenzimmer ins Wasser gefallen, glücklich aber gerettet und den Ihrigen wiedergegeben worden. Es fanden sich Umstände bei dem Falle die ihn verwickelt und interessant machten, es blieb zweifelhaft ob sie sich ins Wasser gestürzt, um den Tod zu suchen, so wie auch, welcher von ihren Verehrern, der Begünstigte oder Verschmähte, sich zu ihrer Rettung gewagt. Ich wies ihr die Stelle hin und bat sie aufmerksam darauf zu schauen. Darauf übersetzt' ich ihr erst alle Substantiva und examinierte sie, ob sie auch ihre Bedeutung wohl behalten. Gar bald überschaute sie die Stellung dieser Haupt- und Grundworte und machte sich mit dem Platz bekannt, den sie im Perioden eingenommen hatten. Ich ging darauf zu den einwirkenden, bewegenden, bestimmenden Worten über und machte nunmehr, wie diese das Ganze belebten, auf das heiterste bemerklich, und katechisierte sie so lange bis sie mir endlich, unaufgefordert, die ganze Stelle, als stünde sie Italiänisch auf dem Papiere, vorlas, welches sie nicht ohne Bewegung ihres zierlichen Wesens leisten konnte. Ich habe nicht leicht eine so herzlich geistige Freude gesehen als sie ausdrückte, indem sie mir für den Einblick in dieses neue Feld einen allerliebsten Dank aussprach. Sie konnte sich kaum fassen, indem sie die Möglichkeit gewahrte die Erfüllung ihres sehnlichsten Wunsches so nahe und schon versuchsweise erreicht zu sehen.

Italienische Reise, 2. Römischer Aufenthalt, Oktober 1787; FA I 15/1, 453 f.

Über die Kunst des Altwerdens kann man bei Goethe besonders viel lernen:

Soll dich das Alter nicht verneinen,
So mußt du es gut mit andern meinen;
Mußt viele fördern, manchem nützen,
Das wird dich vor Vernichtung beschützen.

Beschildeter Arm; FA I 2, 691.

Der Brief meines Vaters ist da, lieber Gott wenn ich einmal alt werde, soll ich dann auch so werden. Soll meine Seele nicht mehr hängen an dem was liebenswerth und gut ist. Sonderbar, dass da man glauben sollte ie älter der Mensch wird, desto freyer er werden sollte von dem was irrdisch und klein ist [...]

An Johann Christian Kestner, 10. November 1772.

Die Tage und Jahre fliehen mit einer so reißenden Lebhaftigkeit daß man sich kaum besinnen kann, und bergab scheint es noch immer schneller zu gehen. Wenn wir uns wieder sähen so hoffte ich Ihr solltet mich, dem innern nach, wohl wieder erkennen, was das äußere betrifft so sagen die Leute ich sey nach und nach dick geworden. Ich lege Euch eine Schnur bey, als das Maß meines Umfangs, damit Ihr messen könnt ob ich mich von dieser Seite besser gehalten habe als Ihr, denn sonst waren wir ziemlich von einerley Taille. Ich befinde mich wohl und thätig, und so glücklich als man es auf diesem Erdenrunde verlangen kann.

An Johann Christian Kestner, 16. Juli 1798.

Deine Bemerkung ist ganz richtig, daß wir für das Alter ein wenig zu weit auseinandergesät sind. Die Jugend mag sich wohl auseinander begeben, denn sie ist beweglich genug, um wieder zusammenzukommen. Auch sind die Zeiten so wie Herbst- und Wintertage, wo man gern näher zusammen rücken mag. In Humboldts Reisen haben mir deswegen jene Affen gefallen, die sobald sie in eine kühlere Temperatur kommen, sich gleich in großen Schaaren enge zusammen drängen. Dabey sucht dann jeder in die Mitte zu kommen, um so warm zu sitzen als möglich; welches zu gar possirlichen Unterhandlungen Anlaß geben mag.

An Carl Ludwig von Knebel, 4. April 1807.

Der Gewinn Ihrer Neigung und Freundschaft, der mir so spät geworden ist, bleibt mir um so unschätzbarer als eigentlich lange leben nichts heißt als andre überleben. Je länger das Leben dauert, desto mehr gehen die frühern Verhältnisse ins Enge und die neuern sind um desto höher zu achten, weil sie sich seltner fügen.

An Carl Friedrich von Reinhard, 9. Juni 1809.

Wenn man mit gutem Grund der Jugend zu rathen hat: daß sie sich hüte, Freundschaften allzuschnell einzugehen, so wird dem Alter, zum Ersatz für manches Entbehren, die Gunst, daß Gefühl und Urtheil schneller zusammen treten und man wohl unmittelbar billigen darf, was man empfindet.

An Joseph Graf von Auersperg, 26. September 1821.

Wer in einem gewissen Alter frühere Jugendwünsche und Hoffnungen realisieren will, betriegt sich immer: denn jedes Jahrzehend des Menschen hat sein eigenes Glück, seine eigenen Hoffnungen und Aussichten.

Die Wahlverwandtschaften II 12/*Eduard*; FA I 8, 485.

Einem bejahrten Manne verdachte man, daß er sich noch um junge Frauenzimmer bemühte. Es ist das einzige Mittel, versetzte er, sich zu verjüngen und das will doch Jedermann.

Die Wahlverwandtschaften. Ottiliens Tagebuch; FA I 13, 435.

Trinkt sich das Alter wieder zu Jugend,
So ist es wundervolle Tugend.
Für Sorgen sorgt das liebe Leben
Und Sorgenbrecher sind die Reben.

West-östlicher Divan. Schenkenbuch; FA I 3/I, 409.

Aelter werden heißt selbst ein neues Geschäft antreten; alle Verhältnisse verändern sich und man muß entweder zu handeln ganz aufhören oder mit Willen und Bewußtseyn das neue Rollenfach übernehmen.

Aphorismen; FA I 13, 30.

Man darf nur alt werden, um milder zu seyn; ich sehe keinen Fehler begehen, den ich nicht auch begangen hätte.

Aphorismen; FA I 13, 27.

Bisher habe ich die Art oder Unart gehabt alles Vergangne eher zu vertilgen als zu bewahren. Nun mag die Zeit des Bewahrens, wenn auch zu spät, eintreten [...] Das Leben ist den Sibyllinischen Büchern ganz gleich; je knapper, je theurer.

An Friedrich Maximilian Klinger, 8. Dezember 1811.

Auch das hohe Alter hat seine Blüte.
Rede zu Wielands Andenken, 18. Februar 1813; FA I 17, 427.

Nicht über Zeit- noch Landsgenossen
Mußt du dich beklagen;
Nachbarn werden ganz andere Possen,
Und auch Künftige über dich sagen.
Sprichwörtlich. Sammlung von 1815; FA I 2, 399.

Wenn man älter wird muß man mit Bewußtseyn auf einer gewissen Stufe stehen bleiben. | Es ziemt sich weder in der Denkweise noch in der Art sich zu kleiden der Mode nachzueifern. | Aber man muß wissen wo man steht und wohin die andern wollen.
Maximen & Reflexionen. Nachlaß; FA I 13, 236.

Freylich erfahren wir erst im Alter was uns in der Jugend begegnete. Wir lernen und begreifen ein für allemal nichts! Alles was auf uns wirkt ist nur Anregung und, Gott sey Dank! wenn sich nur etwas regt und klingt.
An Carl Friedrich Zelter, 7. November 1816.

Mit den Jahren steigern sich die Prüfungen.
Aphorismen; FA I 13, 53.

Was man in der Jugend wünscht,
hat man im Alter die Fülle.
Motto zu Dichtung und Wahrheit, Teil II; FA I 14, 237.

Wenn dem früheren Alter Thun und Wirken gebührt, so ziemt dem späteren Betrachtung und Mitteilung.
Divan. Noten und Abhandlungen. Einleitung; FA I 3/1, 138.

Man sagt vom Alter, es sey geschwätzig, aber ich dächte doch es dürfte gesprächig seyn; man hat viel zu sagen, und sagt's auch wohl kühnlich was man früher weislich dahin gehen ließ.
An Heinrich Gustav Hotho, 19. April 1830.

[…] Was ihr sonst für euch genossen
Läßt in Andern sich genießen.
Niemand wird uns dann beschreien
Daß wirs uns alleine gönnen,
Nun in allen Lebensreihen
Müsset ihr genießen können …
Im Gegenwärtigen Vergangnes. Divan; FA I 3/1, 21.

Das Alter kann kein größeres Glück empfinden, als daß es sich in die Jugend hineingewachsen fühlt und mit ihr nun fortwächst. Die Jahre meines Lebens, die ich der Naturwissenschaft ergeben, einsam zubringen mußte, weil ich mit dem Augenblicke in Widerwärtigkeiten stand, kamen mir nun höchlich zugute, da ich mich jetzt mit der Gegenwart in Einstimmung fühle, auf einer Altersstufe, wo man sonst nur die vergangene Zeit zu loben pflegt.
An C. G. Carus, 23. März 1818.

»Die Jahre nahmen dir, du sagst, so vieles:
Die eigentliche Lust des Sinnespieles,
Erinnerung des allerliebsten Tandes
Von gestern, weit und breiten Landes

Durchschweifen frommt nicht mehr; selbst nicht von Oben
Der Ehren anerkannte Zier, das Loben
Erfreulich sonst. Aus eignem Tun Behagen
Quillt nicht mehr auf, dir fehlt ein dreistes Wagen!
Nun wüsst' ich nicht was dir Besondres bliebe?«

Mir bleibt genug! Es bleibt Idee und Liebe!

West-östlicher Divan. Buch der Betrachtungen; FA I 3/I,346.

Nun seh ich das Vergangne als ein Capital an, zu welchem die Interessen immerfort geschlagen worden, und wovon die erhöhten Zinsen uns in späterem Alter [...] zu Gute kommen.

An G. H. L. Nicolovius, 21. September 1819.

DIE JAHRE

Die Jahre sind allerliebste Leut:
Sie brachten gestern, sie bringen heut,
Und so verbringen wir Jüngern eben
Das allerliebste Schlaraffen-Leben.
Dann fällt's den Jahren auf einmal ein,
Nicht mehr wie sonst bequem zu sein;
Wollen nicht mehr schenken, wollen nicht mehr borgen,
Sie nehmen heute, sie nehmen morgen.

Epigrammatisch; FA I 2, 424.

DAS ALTER

Das Alter ist ein höflich Mann:
Einmal über's andre klopft er an,
Aber nun sagt niemand: Herein!
Und vor der Türe will er nicht sein.
Da klinkt er auf, tritt ein so schnell,
Und nun heißt's, er sei ein grober Gesell.

Epigrammatisch; FA I 2, 424.

Lange leben heißt gar vieles überleben, geliebte, gehaßte, gleichgültige Menschen, Königreiche, Hauptstädte, ja Wälder und Bäume, die wir jugendlich gesäet und gepflanzt. Wir überleben uns selbst und erkennen durchaus noch dankbar, wenn uns auch nur einige Gaben des Leibes und Geistes übrig bleiben. Alles dieses Vorübergehende lassen wir uns gefallen; bleibt uns nur das Ewige jeden Augenblick gegenwärtig, so leiden wir nicht an der vergänglichen Zeit.

An A. L. Gräfin von Berstorff, 17. April 1823.

Wenn ich auf mein früheres und mittleres Leben zurückblicke und nun in meinem Alter bedenke, wie wenige noch von denen übrig sind, die mit mir jung waren, so fällt mir immer der Sommeraufenthalt in einem Bade ein. Sowie man ankommt, schließt man Bekanntschaften und Freundschaften mit solchen, die schon eine Zeitlang dort waren und die in den nächsten Wochen wieder abgehen. Der Verlust ist schmerzlich. Nun hält man sich an die zweite Generation, mit der man eine gute Weile fortlebt und sich auf das innigste verbindet. Aber auch diese geht und läßt uns einsam mit der dritten, die nahe vor unsrer Abreise ankommt und mit der man auch gar nichts zu tun hat.

Zu Eckermann, 27. Januar 1824.

Man muß keine Jugendfehler ins Alter hineinnehmen; denn das Alter führt seine eigenen Mängel mit sich.

Zu Eckermann, 16. August 1824.

Es ist mir zwar nicht unbekannt geblieben, daß mehrere Moralphilosophen über das Alter und dessen Zustände geschrieben, ich habe jedoch keine dieser Abhandlungen gelesen, weil ich ein unvermeidliches Menschenschicksal, wenn es mir bestimmt seyn sollte, wie so manches Andere zu erfahren und zu erkennen dachte. Jetzo, da ich in diese Epoche hereingetreten bin, finde ich, daß neben manchen Unbilden auch vieles Erfreuliche in diesen Jahren zu erleben ist; denn was könnte uns werther und angenehmer seyn, als wenn wir uns schmeicheln dürfen, daß diejenigen, die uns früher Antheil und Gewogenheit gegönnt, solche Gesinnungen viele Jahe erhalten, gehegt, ja gesteigert haben.

An Therese Huber, etwa 3. August 1826.

Tag und Nacht ist keine Phrase, denn gar manche nächtliche Stunden, die dem Schicksale meines Alters gemäß ich schlaflos zubringe, widme ich nicht vagen und allgemeinen Gedanken, sondern ich betrachte genau, was den nächsten Tag zu thun? das ich denn auch redlich am Morgen beginne und so weit es möglich durchführe. Und so thu ich vielleicht mehr und vollende sinnig in zugemessenen Tagen, was man zu einer Zeit versäumt, wo man das Recht hat, zu glauben oder zu wähnen, es gebe noch Wiedermorgen und Immermorgen.

An Sulpiz Boisserée, 22. Oktober 1826.

In der Jugend, wo wir nichts besitzen, oder doch den ruhigen Besitz nicht zu schätzen wissen, sind wir Demokraten. Sind wir aber in einem langen Leben zu Eigentum gekommen, so wünschen wir dieses nicht allein gesichert, sondern wir wünschen auch, daß unsere Kinder und Enkel das Erworbene ruhig genießen mögen. Deshalb sind wir im Alter immer Aristokraten ohne Ausnahme, wenn wir auch in der Jugend uns zu anderen Gesinnungen hinneigten.

Zu Eckermann, 15. Juli 1827.

»Bei den Briefen, sagte er [Goethe], die ich in jener Periode [Italienische Reise] geschrieben, sehe ich recht deutlich, wie man in jedem Lebensalter gewisse Avantagen und Desavantagen, in Vergleich zu früheren oder späteren Jahren hat. So war ich in meinem vierzigsten Jahre über einige Dinge vollkommen so klar und gescheit als jetzt und in manchen Hinsichten sogar besser; aber doch besitze ich jetzt in meinem achtzigsten Vorteile, die ich mit jenen nicht vertauschen möchte.« | Während Sie dieses reden, sagte ich, steht mir die Metamorphose der Pflanze vor Augen, und ich begreife sehr wohl, daß man aus der Periode der Blüte, nicht in die der grünen Blätter, und aus der des Samens und der Früchte nicht in die des Blütenstandes zurücktreten möchte. | »Ihr Gleichnis, sagte Goethe, drückt meine Meinung vollkommen aus. Denken Sie sich ein recht ausgezacktes Blatt, fuhr er lachend fort, ob es aus dem Zustande der freiesten Entwickelung in die dumpfe Beschränktheit der Kotyledone zurückmöchte? – Und nun ist es sehr artig, daß wir sogar eine Pflanze haben, die als Symbol des höchsten Alters gelten kann, indem sie, über die Periode der Blüte und der Frucht hinaus, ohne weitere Produktion noch munter fortwächst.«

Zu Eckermann, 12. April 1829.

Da die Konzeption [des *Faust*] so alt ist, sagte Goethe, und ich seit fünfzig Jahren darüber nachdenke, so hat sich das innere Material so sehr gehäuft, daß jetzt das Ausscheiden und Ablehnen die schwere Operation ist. Die Erfindung des ganzen zweiten Teiles ist wirklich so alt wie ich sage. Aber daß ich ihn erst jetzt schreibe, nachdem ich über die weltlichen Dinge so viel klarer geworden, mag der Sache zugute kommen. Es geht mir damit wie einem, der in seiner Jugend sehr viel kleines Silber- und Kupfergeld hat, das er während dem Lauf seines Lebens immer bedeutender einwechselt, so daß er zuletzt seinen Jugendbesitz in reinen Goldstücken vor sich sieht.

Zu Eckermann, 6. Dezember 1829.

»So lange es Tag ist, erwiderte Goethe, wollen wir den Kopf schon obenhalten, und so lange wir noch hervorbringen können, werden wir nicht nachlassen.« Er sprach darauf über Personen die ein hohes Alter erreicht und erwähnte auch die berühmte *Ninon* [de Lenclos]. »Noch in ihrem neunzigsten Jahre, sagte er, war sie jung; aber sie verstand es auch sich im Gleichgewicht zu erhalten und machte sich aus den irdischen Dingen nicht mehr als billig. Selbst der Tod konnte ihr keinen übermäßigen Respekt einflößen. Als sie in ihrem achtzehnten Jahre von einer schweren Krankheit genas, und die Umstehenden ihr die Gefahr schilderten in der sie geschwebt, sagte sie ganz ruhig: »Was wäre es denn weiter gewesen! Hätte ich doch lauter Sterbliche zurückgelassen! –« Sie lebte darauf noch über siebenzig Jahre, liebenswürdig und geliebt, und alle Freuden des Lebens genießend; aber, bei diesem ihr eigentümlichen Gleichmut, sich stets über jeder verzehrenden Leidenschaftlichkeit erhaben haltend. Ninon verstand es! – Es gibt wenige die es ihr nachtun.

Zu Eckermann, 14. Februar 1830.

Ich erfahre das Glück, daß mir in meinem hohen Alter Gedanken aufgehen, welche zu verfolgen und in Ausübung zu bringen eine Wiederholung des Lebens gar wohl wert wäre. Also wollen wir uns, solange es Tag ist, nicht mit Allotrien beschäftigen.

An Carl Friedrich Zelter, 29. April 1830.

In meinen hohen Jahren muß die unverbrüchliche Maxime seyn: durchaus und unter jeder Bedingung im Frieden zu leben; ich möchte, um keinen Preis, bey irgend einer Contestation, sie habe einen politischen, literarischen, moralischen Anlaß, als thätig mitwirkend erscheinen. | Was sollte aus den schönen, mir noch gegönnten Lebenstagen werden, wenn ich Notiz nehmen wollte von allem was in dem lieben Vaterlande gegen mich und meine Nächsten geschieht. [...] Hat man jemals von mir eine Reclamation deshalb vernommen, auch nur einen Laut?

An Kanzler Friedrich von Müller, 21. Mai 1830.

Du siehst, es geht bey mir nach alter Weise. Zu den hundert Dingen die mich interessiren constituirt sich immer eins in die Mitte als Hauptplanet und das übrige Quodlibet meines Lebens treibt sich indessen in vielseitiger Mondgestalt umher, bis es einem und dem andern auch gelingt, gleichfalls in die Mitte zu rücken.

An Carl Friedrich Zelter, 15. November 1831.

»Man meint immer, sagte Goethe lachend, man müsse alt werden um gescheit zu sein; im Grunde aber hat man bei zunehmenden Jahren zu tun, sich so klug zu erhalten als man gewesen ist. Der Mensch wird in seinen verschiedenen Lebensstufen wohl ein anderer, aber er kann nicht sagen, daß er ein Besserer werde, und er kann in gewissen Dingen so gut in seinem zwanzigsten Jahre recht haben, als in seinem sechzigsten. | Man sieht freilich die Welt anders in der Ebene, anders auf den Höhen des Vorgebirgs, und anders auf den Gletschern des Urgebirgs. Man sieht auf dem einen Standpunkt ein Stück Welt mehr als auf dem andern; aber das ist auch alles, und man kann nicht sagen, daß man auf dem einen mehr Recht hätte, als auf dem andern.«

Zu Eckermann, 17. Februar 1831.

Das Erlebte weiß jeder zu schätzen, am meisten der Denkende und Nachsinnende im Alter; er fühlt mit Zuversicht und Behaglichkeit, daß ihm das niemand rauben kann.

Sprüche in Miszellen; FA I 13, 344.

Jedem Alter des Menschen antwortet eine gewisse Philosophie […] Der Greis jedoch wird sich immer zum Mysticismus bekennen; er sieht dass so vieles vom Zufall abzuhängen scheint, das Unvernünftige gelingt, das Vernünftige schlägt fehl, Glück und Unglück stellen sich unerwartet ins gleiche; so ist es, so war es! Und das hohe Alter beruhigt sich in dem, der da ist, der da war und der da seyn wird.

Maximen & Reflexionen. Nachlaß; FA I 13, 237.

Angedenken an das Gute
Hält uns immer frisch bei Mute.

*

Angedenken an das Schöne
Ist das Heil der Erdensöhne

*

Angedenken an das Liebe,
Glücklich, wenn's lebendig bliebe!

*

Angedenken an das Eine
Bleibt das Beste, was ich meine.

Zahme Xenien VIII, Angedenken; FA 2, 703.

* * *

Zu den größten Lebensfreuden, die Goethe sich immer wieder zu verschaffen wußte, gehörte der Musikgenuß. »Hörst du reine Lieder singen,/Ohr ist eins mit deiner Brust« (*FA 2, 608*); »Gesang und Saitenspiel, die größten Freunde/Des Menschenlebens, schützen meinen Weg« (*FA 5, 689*). Vom Frühling 1775, als Goethe sich mit seiner Braut Lili bei deren Verwandten in Offenbach aufhielt, ist überliefert (*GG 247*):

> [Der Komponist Johann] André, unerschöpflich in Gesängen und Schwänken zum Klavier, ließ sich dann oft, bis der Nachtwächter die zwölfte Stunde abrief, von den Liebesleutchen ans Klavier fesseln, wodurch sie sich eines längeren Beisammenseins erfreuen konnten.

In Weimar ließ Goethe sich Musik ins Haus kommen »die Seele zu lindern und die Geister zu entbinden« (an Ch. v. Stein, 14. Feb. 1779). In Rom arrangierte Goethe für Angelika Kauffmann ein »glänzendes Konzert in der schönsten Sommernacht« mit den beliebtesten Arien einer neuen Oper, die den vollsten Beifall erringen »und das Volk klatschte mit drein« – eine wahre »Nachtlust« (*FA 15/I, 405*). Wie der Oheim in den *Lehrjahren* (*FA 9, 923*) konnte auch Goethe »nicht ohne Musik, besonders nicht ohne Gesang leben, und hatte dabei die Eigenheit, daß er die Sänger nicht sehen wollte [...] Er pflegte daher die Musik nicht anders als mit zugeschlossenen Augen anzuhören, um sein ganzes Dasein auf den einzigen, reinen Genuß des Ohrs zu konzentrieren.« Die *Tag- und Jahres-Hefte* berichten oft von genossenen Konzerten und Ständchen, Proben und musikalischen Unterhaltungen im eigenen Hause, von der »freiwilligen Hauskapelle« unter ihrem hochgerühmten Dirigenten Eberwein, von Solisten und Sängerchören, auswärtigen Violin- und Harfenvirtuosen, beliebten Sängerinnen, Klaviervirtuosen wie Schütz und Hummel, Mendelssohn und Maria Szymanowska, die alle für Goethe musizierten. (Vgl. *FA 17, 104; 214; 224; 230; 235 f., 240; 338 f., 348 etc.*) 1821 wird ein neuer Konzertflügel angeschafft, glücklicherweise, denn bald darauf brachte Zelter »einen höchste Verwunderung erregenden Zögling, Felix Mendelssohn, dessen unglaubliches Talent wir ohne eine solche vermittelnde Mechanik niemals hätten gewahr werden können«. Der Wunderknabe schrieb am 6. November 1821 an seine Eltern über den Besuch (*GG 4948*):

> Jeden Morgen erhalte ich vom Autor des Faust und des Werther einen Kuß, und jeden Nachmittag vom Vater und Freund Goethe zwei Küsse. Bedenkt! Nachmittag spielte ich Goethe über zwei Stunden vor, teils Fugen von Bach, teils phantasierte ich.

Jenny von Pappenheim erinnerte sich: »Felix Mendelssohn war stets aufs höchste überrascht von Goethes tiefem Verständnis und sprach oft mit uns davon: Goethe erfaßt die Musik mit dem Herzen, und wer das nicht kann, bleibt ihr sein Lebtag fremd.« Von dem Berkaer Organisten Schütz ließ Goethe sich 1814 Dutzende von Malen Bachs *Fuga all'imitazione della cornetta di Postiglione* aus dem *Cap-*

priccio B-Dur (*BWV 992*) vorspielen (*GG 3954*). Stundenlang mußte Schütz auch 1815 und 1818 Fugen und Sonaten von Bach für ihn spielen, während er mit geschlossenen Augen im Bett lag, was Zelter im Brief vom 9. Juni 1827 erwähnt. Die Erinnerung daran veranlaßte Goethe zu dem Bekenntnis, wie ihm zuerst durch Schütz in Berka

> bey vollkommener Gemüthsruhe und ohne äußere Zerstreuung, ein Begriff von eurem Großmeister [Joh. Seb. Bach] geworden. Ich sprach mir's aus: als wenn die ewige Harmonie sich mit sich selbst unterhielte, wie sich's etwa in Gottes Busen, kurz vor der Weltschöpfung, möchte zugetragen haben, so bewegte sich's auch in meinem Innern und es war mir als wenn ich weder Ohren, am wenigsten Augen, und weiter keine übrigen Sinne besäße noch brauchte.

Ähnlich numinose Eindrücke hatte Goethe in Rom durch die geistliche A-capella-Musik gewonnen (*FA 15/1, 568f.*), wovon sich noch ein Nachhall in den *Lehrjahren* findet, wo der Oheim sagt (*FA 9, 783*): »Musik aus dem tiefsten Sinne der trefflichsten menschlichen Naturen entsprungen, die, durch bestimmte und geübte Organe in harmonischer Einheit wieder zum tiefsten besten Sinne des Menschen« spricht, lasse ihn »wirklich in diesem Augenblicke seine Gottähnlichkeit lebhaft empfinden«. Im Jahre 1823, als der Dichter vergeblich um Ulrike von Levetzow warb, war die Musik der einzige Trost des Liebeskranken. An Marianne von Willemer, deren Gesang ihn in der *Divan*-Epoche bezaubert hatte, schrieb er damals über seinen Aufenthalt in Böhmen: »Schliessen aber darf ich nicht, ohne zu sagen, welche Genüsse mir die Musik dargereicht.« Das Gedicht *Aussöhnung* preist die Heilkräfte der Musik als Wirkung einer höheren Macht (*FA 2, 462*):

[...] Da schwebt hervor Musik mit Engelsschwingen,
Verflicht zu Millionen Tön' um Töne,
Des Menschen Wesen durch und durch zu dringen,
Zu überfüllen ihn mit ew'ger Schöne.

KUNST UND LEBEN

Vollkommen ist nur die große Kunst, daher ihre den Lebensmut erhöhende Kraft, Freude auszustrahlen und Trost zu spenden. Das menschliche Leben dagegen ist niemals vollkommen, so sehr sich auch der Einzelne mit bestem Willen und mannigfaltigen Talenten redlich anstrengen mag, um idealere Verhältnisse herbeizuführen. Goethe bemühte sich mit hochgespanntem Idealismus darum, die Menschen glücklicher zu machen, ungeachtet der schmerzlichen Erfahrung, daß seine Anstrengungen oft nicht die erhofften Erfolge hatten. Doch ließen ihn die Enttäuschungen niemals zum Menschenhasser oder gar Lebensverächter werden. Schon im *Prometheus* heißt es (*FA 1, 204*): »Wähntest du etwa, | Ich sollte das Leben hassen, | In Wüsten fliehen, | Weil nicht alle | Blütenträume reiften?« Allerdings hätte Goethe auch nie für sich in Anspruch genommen, ein ›Genie in der Kunst des Lebens‹ zu sein, wie er es 1781 der Gräfin Werthern zugestand (s. oben S. 34). Bei seiner Sensibilität waren Leben, Lieben und Leiden zu eng miteinander verflochten. Jedes Liebeserlebnis ließ ihn nicht nur ›himmelhochjauchzen‹, sondern stürzte ihn auch in Zustände des ›Zu-Tode-betrübt‹-Seins. Weder im öffentlichen Bereich als Fürstenerzieher und Staatsmann noch im Privaten als Freund, Vater und Ehemann war Goethe so glückhaft, wie er es als Schöpfer seiner dichterischen Werke war. In hypochondrischer Stimmung sagte er sich, was in einem nie abgesandten Briefentwurf an den vertrauten Freund Johann Heinrich Meyer vom Juni 1814 steht (*WA IV 24, 391*): »ein poetisches Werk weiß ich auszuführen und zu verantworten, aber die Lebenswerke haben mir nie recht gelingen wollen«. Wie alle großen Künstler war Goethe als

Schöpfer poetischer Werke von der Natur privilegiert, scheinbar anstrengungslos, gleichsam nachtwandlerisch zu produzieren und bei der Ausführung im einzelnen alles in seinem eigenen Sinne lenken zu können. Im Vergleich mit der Vollkommenheit von Kunstwerken können ›Lebenswerke‹ niemals auch nur annähernd so perfekt sein. Ein gutes Buch zu schreiben ist leichter, als ein in jeder Beziehung gutes Leben zu führen. Übrigens taucht das Wort ›Lebenswerke‹ sonst nirgends im gesamten Goetheschen Œuvre auf. Auffallend ist auch, daß er den Singular ›Lebenswerk‹ nie verwendet, wie auch die Komposita ›Lebenskunst‹, ›Lebenskünstler‹ und ›Lebenskünstlerin‹ nie in Werken, Briefen, Tagebüchern oder Gesprächen erscheinen. Vermutlich war Goethe zu sehr Skeptiker, um solche Ausdrücke zu gebrauchen. »Uns bleibt ein Erdenrest | Zu tragen peinlich«, heißt es gegen Ende des *Faust*, wo bis ganz zuletzt das »Unzulängliche« der irdischen Existenz nicht geleugnet, aber im strebenden Bemühen ein Weg zur Erlösung gewiesen wird.

ABKÜRZUNGEN

Diem = Carl Diem: Körpererziehung bei Goethe. Ein Quellenwerk zur Geschichte des Sportes. Frankfurt a. M. 1948. 2. Aufl. 1982.
FA = Johann Wolfgang Goethe: Sämtliche Werke. Frankfurter Ausgabe. Abt. I. Frankfurt a. M. 1985 ff.
GG = Goethes Gespräche. Eine Sammlung zeitgenössischer Berichte aus seinem Umgang auf Grund der Ausgabe und des Nachlasses von Flodoard Frhn. von Biedermann erg. und hrsg. von Wolfgang Herwig. 4 Bde. Zürich/Stuttgart 1965-72.
Tgb = Tagebücher; hier zitiert nach WA III. Abteilung.
WA = Goethes Werke. Hrsg. im Auftrage der Großherzogin Sophie von Sachsen. Weimarer Ausgabe. Abt. I-IV. 136 in 146 Bänden. Weimar 1887-1919. Nachträge und Register zur IV. Abteilung: Briefe/hrsg. von Paul Raabe. München 1990.

NACHBEMERKUNG

Die unterschiedliche Orthographie bei Zitaten erklärt sich aus der Verschiedenheit der Vorlagen. Goethes Briefe wurden, da sie durch Datierung und Adressaten ausreichend gekennzeichnet sind, ohne nähere Stellenangaben nach *WA IV* zitiert.